OEUVRES POSTHUMES

D'EUGÈNE ORRIT.

LES SOIRS D'ORAGE.

FÉERIES ET DRAMES. — MÉLANGES DE PROSE.

PARIS. — IMPRIMERIE DE FAIN ET THUNOT,
Rue Racine, 28, près de l'Odéon.

ŒUVRES POSTHUMES

D'EUGÈNE ORRIT

Correcteur Typographe,

MORT EN 1843, A L'AGE DE VINGT-SIX ANS,

RECUEILLIES ET PUBLIÉES

AVEC UNE NOTICE BIOGRAPHIQUE ET LITTÉRAIRE

PAR SÉBASTIEN RHÉAL.

PARIS.

MOREAU, PÉRISTYLE VALOIS, 182, AU PALAIS-ROYAL;

MASSON, RUE DE L'ANCIENNE COMÉDIE, 26;

A LA DIRECTION DU DANTE ILLUSTRÉ,

Rue Mignon, 7;

1845.

NOTICE

BIOGRAPHIQUE ET LITTÉRAIRE

SUR

EUGÈNE ORRIT.

Le 28 mai dernier, au matin, je reçus une lettre scellée d'un cachet noir, accompagnée d'un volume. La voici dans sa simplicité touchante ; elle expliquera comment je suis devenu l'éditeur de ce recueil, et remplira mieux que moi l'objet de ma notice.

Monsieur,

Je viens de lire dans la *Tribune indépendante* votre hymne à la mémoire de nos jeunes et malheureux poëtes : veuillez accepter, Monsieur, les œuvres de mon fils, mort comme eux à l'âge de 26 ans, l'année passée 1843 (le 3 juin), d'une maladie de poitrine. Né de parents malheureux, élevé dans la plus affreuse misère, il sentit au sortir du berceau le poids de l'existence ; avec une constitution très-faible, il s'adonna au travail de l'intelligence dès ses premières années ; à l'âge de 5 ans, il s'apprit de lui-même à lire et à écrire en très-peu de temps, et de là, toujours appliqué sur les livres, sentant le besoin de sortir de l'état abject où le retenait l'indigence, il s'appliqua à acquérir des connaissances suivant ses goûts. Né d'un père Espagnol, il apprit cette langue, en étudia la littérature, s'instruisit ensuite dans la langue anglaise, et parvint enfin à avoir une place de correcteur dans une imprimerie (1). Il passait les journées à gagner de quoi faire subsister son père, sa mère, et

(1) Chez MM. Fain et Thunot.

un frère plus jeune que lui de 9 ans ; il employait une partie des nuits à s'instruire toujours davantage, à donner un essor à son imagination. Pauvre fils, tant de travail avec une aussi faible organisation ! Veuillez, Monsieur, lire ces poésies ; son âme s'y peint tout entière ; toutes les souffrances exprimées dans ses vers ont été pour lui une réalité ; il n'a seulement pas eu le moindre dédommagement ; aucun de ses livres n'a été vendu ; je les ai tous, ainsi que de nombreux écrits inédits, la plupart inachevés. Aucun écho n'a répété ses plaintes ; personne n'a daigné recueillir le fruit de ses veilles : cette compensation lui a été refusée ; sa mémoire est tombée dans l'oubli : elle ne vit plus que dans le cœur de sa mère inconsolable et de son frère, objet de sa plus tendre sollicitude. Je suis restée seule avec le dernier de mes enfants ; mon mari a succombé le lendemain de la mort de son fils ; le même convoi a suffi pour les deux : ils reposent ensemble côte à côte, au cimetière du Mont-Parnasse, où je vais souvent savourer toute l'amertume de mes douleurs. Pardon, Monsieur, si une malheureuse mère vous supplie d'effeuiller quelques fleurs sur la tombe de son fils.

Adieu, Monsieur, mon cœur me dit que je ne vous implore pas en vain.

Veuve ORRIT.

27 mai 1844.

Douloureuse histoire écrite en quelques lignes, et si tristement semblable à celle des poëtes dont je venais de pleurer les étoiles évanouies ! Le cœur maternel ne s'était pas abusé dans sa foi instinctive. Je reconnus bientôt les signes non équivoques de la véritable inspiration et sa brillante lueur semée dans ces pages inconnues, ébauches souvent très-imparfaites, mais çà et là supérieures, d'une belle intelligence éteinte avant sa maturité, aux premiers embrassements de l'idéal, ou plutôt sous les épreuves inénarrables d'un sort inique.

Du pain de l'étranger tu sauras l'amertume;
Tu sentiras combien il est dur au banni
De descendre et monter par l'escalier d'autrui.

avait dit le maître puissant dont je traduis les tercets immortels; — il y a une amertume plus grande et commune à plus d'un génie, une amertume qui, abreuvant des milliers de parias, rend notre époque livide et tourmentée comme le royaume des ombres: celle de n'avoir pas de pain, pas d'asile, pas l'obole de son voyage pour les Carons de notre monde industriel, hélas! et pas une âme qui vous entende, un peuple sourd, des murs sourds, une terre sourde, où les tombes seules ont de l'écho... Voilà ce qui a tué le jeune poëte, de compagnie avec la misère et l'excès du travail; voilà ce qui tue chaque jour les meilleures natures, la fleur des intelligences! voilà ce qui ne saurait durer encore longtemps, grâce au Ciel et aux clameurs lugubres de mille ombres sacrées se mêlant d'âge en âge aux terribles tintements du tocsin.

Oui, et tous ceux qui liront ces vers le sentiront, le jeune Orrit appartient à la noble famille des talents malheureux; même dans ses œuvres précoces, inachevées, se décèle son originalité remarquable: on y découvre comme un reflet de sa double origine, un rayon du soleil espagnol, du soleil de Calderon, et un éclair de nos soleils plébéiens. Je n'ai ni le loisir nécessaire ni l'esprit assez calme pour apprécier dans leurs nuances les diverses physionomies de son style et de sa pensée, où se reflètent tour à tour les laborieuses transformations d'une muse naissante, les vicissitudes morales de notre époque, et surtout celles de sa propre condition sociale. Bornons-nous à constater sa prédestination parmi le groupe élu des adolescents qu'un ange ou un démon dota d'une lyre. La sienne offre, dans l'élégie, des liens de parenté avec la lyre d'André Chénier, de Millevoie et d'Hégésipe ; dans ses esquisses dramatiques, avec certains côtés du théâtre des Romanceros, de Shakspeare et de lord Byron ; dans la prose, avec les voix populaires du socialisme moderne, car il essaya toutes les langues pour exprimer les visions de son âme errante sur ses lèvres maladives. Un vrai poëte a seul eu le don de se peindre avec cette verve étrange :

Heureux qui sans effort, à toute heure inspiré,
Peut semer à loisir sur un tissu doré
    Les perles de la fantaisie !
Moi, sous un joug fatal, travailleur chancelant,
J'arrache du profond de mon cœur tout sanglant
    Ma palpitante poésie.

Ce n'est point là un poëte d'école ni un talent douteux, car le talent n'est contestable, n'en déplaise aux envieux et aux ignorants, que dans ses excentricités bizarres ou dans ses limites infimes. L'auteur des ***Soirs d'orage*** atteint plus haut. Ah ! s'il avait eu le chic des écoles à la mode, ou le talisman des hauts patronages, combien d'aristarques lynx se fussent extasiés sur ses débuts ! Pauvre et sans autre appui que sa vocation fière, il formulait tout simplement, dans ses tendances naïves, la poésie de nature, le ***mens divina;*** les écoles ni les règles n'enseignent des images comme lui en a inspirées son Lever de soleil ossianique :

Sans t'affliger de nos brouillards immondes,
O radieux soleil, tu poursuis ton essor,
Et mènes après toi ton cortége de mondes
En laissant sur leur front traîner ta robe d'or.

Et ailleurs, quelle majestueuse définition des souvenirs ! quel délicieux chant de cygne exhale la jeune fille mourante ! Je me contente de signaler rapidement ces passages au lecteur.

Les deux fragments intitulés la Prisonnière égalent, avec moins d'apprêt peut-être, la suave désinvolture tant admirée chez le chantre de la jeune captive. Mais ni André Chénier, ni aucun de nos lyriques, n'a rencontré de plus belles inspirations que la première moitié de la Pensée de la mort, où le génie de Bossuet semble avoir empreint son terrible stigmate :

Il viendra, ce moment dont la seule pensée
Fait courir un frisson dans ton âme oppressée.—
Il viendra, ce moment ;
Et tu ne seras plus qu'une dépouille humaine,
Ton regard sera mort, ta lèvre sans haleine,
Ton cœur sans battement.

Combien de pages non moins éloquentes, et d'un ordre si différent, dans son ravissant Mystère féerique emprunté, dirait-on, au Ginnistan des créations shakspeariennes et des amours des anges ! ses fragments de drames, notamment plusieurs de Lara, le récit de la bataille et la vision des sept infants égorgés, renferment des beautés d'un ordre rare. Comme Camille Bernay, de regrettable mémoire, Eugène Orrit eût illustré le théâtre, s'il eût vécu davantage. Racine a débuté beaucoup plus mal qu'eux.

Redisons-le toutefois : ces diamants, ces éclairs se trouvaient perdus dans un amas de pièces faibles, banales ou confuses ; j'ai dû opérer un triage considérable, soit dans les poésies déjà imprimées, soit dans celles manuscrites. J'ai détaché, par exemple, la Prisonnière et le Chant d'adieu d'un poëme moyen-âge très-vulgaire, ébauché sous le même titre, comme j'ai détaché les scènes des esprits féeries d'un vaste drame de Lyonel au plan gigantesque, avorté complétement dans un chaos d'écolier; en outre, j'ai été obligé, pour mettre l'harmonie convenable entre les morceaux choisis, de suppléer à l'absence de l'auteur en corrigeant certaines répétitions, négligences ou défectuosités choquantes, qu'il aurait modifiées plus tard à coup sûr (1).

Enlevé à son destin, comme la victime du 7 thermidor, les doigts encore sur la lyre juvénile, et plus jeune de cinq ans, il n'avait pas eu lui ***un printemps couronné de roses*** pour achever, dans le doux loisir, ses études composées entre le travail du jour et les angoisses de la nuit, entre les sombres perspectives de l'hôpital et de la prison pour dettes, où il allait voir, enfant, son père enfermé par un millionnaire. Les voyages, les livres, la nature, la liberté, le repos, tout lui manqua souvent. Une fois seulement il visita, dans une excursion hâtive, l'Espagne, sa patrie paternelle, après avoir passé deux automnes consécutives à Vayres, bourg des environs de Bordeaux, lieu de naissance de madame Orrit, dont il data une de ses pièces, sans prévoir les oublis des familles pour les vivants et pour les morts... Les mélanges placés à la fin du recueil, ainsi que des fragments de choix extraits d'un brouillon de journal intime, complètent les traits épars de sa biographie, de son âme. D'après tous les témoignages, il était bon, d'une excessive timidité, d'un caractère un peu taciturne, d'une figure sévère et agréable. Son excellente et digne mère conserve précieusement ses reliques bien-aimées, plusieurs boucles de cheveux châtains coupées à l'heure du funèbre adieu. Aujourd'hui je ne veux rien esquisser de plus.

Un dernier mot. Eugène Orrit forme au moins le

(1) Voir page 8 (Annotations).

quatrième poëte de talent et d'espérance mort depuis 1830 ou sur le lit de Gilbert ou des suites de la détresse. Probe, chaste et laborieux, il a succombé à la peine (1), et ne prête aucune place aux flèches de la calomnie, ou de l'âcre censure, bassement adulatrice avec les heureux, injurieuse avec les faibles et les pauvres. Étonnons-nous de notre décadence littéraire et théâtrale ! Jusqu'à quand se perpétueront les égoïstes moralités des Procustes de la bourgeoisie et les lourdes inepties de la critique (2) à propos des nouveaux venus, les petits cercles envieux des coteries et des écoles, et, par dessus tout, les aveuglements du public? Je l'ignore. La France, malgré ces déplorables symptômes, vote des encouragements annuels à ses talents à venir, et des statues à nos maîtres glorieux; j'espère que le gouvernement et l'Académie, où se rencontrent quelques hommes pénétrés de leurs devoirs, éclairés par des principes plus libéraux, comprendront enfin la nécessité d'établir des remèdes décisifs à de pareilles catastrophes. Que tous ceux qui ont un cœur s'unissent à nous pour le réclamer, au nom du sentiment humain, au nom des mille épopées sublimes de la gloire et de l'amour, dont les anneaux mélodieux rattachent l'homme à la chaîne étincelante des séraphins et des étoiles.

SÉBASTIEN RHÉAL.

(1) Outre ses poésies, un dictionnaire espagnol-français, abrégé, portatif, estimé pour la précision, composé pendant ses veilles, témoignent de ses labeurs et de ses efforts variés. Son frère, âgé de 18 ans, lui a succédé dans son modique emploi de correcteur, et dans le soin précieux de soutenir sa bonne mère, sans autre fortune que ses souvenirs.

(2) Deux ou trois comptes rendus absurdes ont ridiculement analysé le volume des *Soirs d'Orage* à sa première apparition. M. Pichot, directeur de la *Revue Britannique*, et l'un des rares esprits noblement appréciateurs du beau, a seul encouragé par quelques lignes la muse naissante. Un ami de l'auteur appela en vain, dans l'*Artiste*, après sa mort, l'attention et les regrets par l'insertion d'une lettre chaleureuse et d'une assez gracieuse poésie, *les Marguerites* (tirées de son portefeuille inédit).

Division explicative du Recueil.

PREMIÈRE PARTIE. – *Les Soirs d'Orage* (Élégies et poëmes).

Choix des poésies déjà publiées en 1841 sous le même titre, avec de nouvelles pièces inédites, extraites des manuscrits. Le poëme du 8 mai avait paru en brochure lors de la triste catastrophe du chemin de fer.

DEUXIÈME PARTIE. — *Féeries et Drames.*

Le Mystère des Esprits, ainsi que la scène de Torticol, sont tirés du vaste brouillon dramatique de Lyonel, dont un plan se trouve ébauché dans les mélanges de Prose. Le Drame de Lara, dont les principales scènes sont reproduites, n'a pas été achevé non plus, ni la comédie sentimentale de Stella dont je ne cite qu'un octave tiré d'une incomplète esquisse de scène.

TROISIÈME PARTIE. – *Mélanges de Prose et Fragments.*

Extraits choisis d'un volumineux dossier généralement écrit en style novice et diffus, sur toutes sortes de sujets intimes, romanesques, métaphysiques et sociaux. Là, comme ailleurs, j'ai mis des titres à plusieurs morceaux pour mieux les distinguer. Quelques-unes de mes corrections, toutes de légers détails d'art ou de langue, et surtout de nombreux retranchements, étaient marquées d'avance dans les notes de l'auteur, car il semblait prévoir sa fin, et, convaincu de la nécessité d'une pensée claire, d'une forme pure, originale, il jugeait très-bien les imperfections de ses premières œuvres. Leur publication aveuglément intégrale eût risqué d'étouffer le bon grain sous l'ivraie comme dans tant de recueils morts-nés. Certes, il est riche encore; trois ou quatre belles pièces suffisent pour rendre Gilbert et Malherbe immortels.

LES SOIRS D'ORAGE.

—

ÉLÉGIES ET POËMES.

LE SONGE.

MONODIE FANTASTIQUE.

—

Où vais-je ainsi? Grand Dieu ! quelle est cette vallée
Partout, à l'horizon, stérile, désolée?
Où m'entraînent tes pas, toi que j'entends hennir?
Je ne sais d'où tu viens, ni d'où je viens moi-même...
Esprit, emportes-tu ma vision suprême
Vers la nuit où dort l'avenir?

Vole, ô mon noir coursier ! ne sens-tu pas l'orage?
Crains des sables de feu le décevant mirage !...
Comme il s'élance en bondissant,
Plus furieux au son de ma voix qui le prie;
Comme il frémit d'orgueil! comme l'air siffle et crie,
Foulé par son poitrail puissant!

Oh ! qui rompra les nœuds dont ce rêve m'enlace?
Sur mon corps frissonnant s'étend un froid de glace...
Hélas, est-ce déjà le grand froid du tombeau?
Est-ce déjà le vent, fatal à toute flamme,

Qui d'un souffle acharné fait vaciller mon âme
Comme sous la bise un flambeau? —

Ainsi, sans souvenir, sans pensée, en démence,
A travers les chemins de la campagne immense
Je fuyais dans un tourbillon,
Atome au loin chassé sur cet aride espace,
Où quand, frappant le sol, l'étrange coursier passe,
A peine s'imprime un sillon.

Et le ciel était sombre, et déjà la tempête
Mugissait en battant des ailes sur ma tête,
Et toujours je sentais le cheval noir courir,
Et le sable après moi dévorait tout vestige;
Et mon cœur défaillait, car j'avais le vertige,
Et j'attendais, prêt à mourir.

Alors des moindres creux, des ravins de la plaine,
Un air empoisonné monte comme une haleine,
Mille cris partent à la fois :
J'entends à mon oreille éclater votre rire,
Bouches de cet enfer, béantes pour maudire;
J'entends vos effroyables voix.

Seul! criait chaque voix, infernale ou divine,
Me révélant le mal que nul œil ne devine;
Seul! redisait encore un écho souterrain;
Seul! seul! seul! répétait la sonore étendue :
Et ces accents frappaient sur mon âme éperdue
Comme des marteaux sur l'airain.

Bientôt le ciel s'embrase; une lueur sanglante
Aux lointains horizons s'épanche ruisselante,
Et rouvrant mes yeux effrayés,

Pour tout aspect, la nue où serpentent des flammes,
Et, flottant sur le sol en onduleuses lames,
Le sable fuyant sous mes pieds.

Mon cheval ! aspirant la vapeur qui l'enivre,
Il agite en fureur ses longs crins; il se livre,
Comme un oiseau des mers, au vol de l'ouragan.
Dans sa course indomptée il fait trembler la terre :
Tel un roc à grands bonds s'échappe du cratère
Où gronde l'orageux volcan.

Et je ferme les yeux, ma poitrine oppressée
Palpite sans un cri, ma langue s'est glacée,
La sueur coule de mon front;
Mon cœur s'est arrêté, serré comme une proie
Par une main de fer, et sur mon cou qu'il broie
S'appesantit un joug de plomb...

Tout à coup je m'éveille à l'ardeur de la fièvre.
Oh! de l'eau pour la soif qui dessèche ma lèvre!
Et sous mes deux genoux je tourmente les flancs
De l'animal fougueux ; ma vie est revenue,
Et je sens un délire, une force inconnue
Raviver mes membres tremblants.

Hourra ! plus vite encor, mon beau coursier agile :
Ne crains pas de briser ton cavalier fragile.
Hourra ! bois cet air enflammé
Qui soulève, lascif, ta crinière fumante,
Pareille aux longs cheveux qu'abandonne une amante
Aux folles mains du bien-aimé...

Mais rien n'apparaissait sous le ciel, sur la terre :
Seulement dans l'espace un écho solitaire

Fatiguait mon oreille en répétant les pas
De celui qu'emportait sa course furieuse;
Mes yeux, fixés en vain sur la route brumeuse,
    Regardaient, et ne voyaient pas.

Quoi! pas une oasis sur le sable livide,
Pas une mare d'eau dormante; et dans ce vide,
    Haletant, m'élancer toujours
Sans jamais découvrir la fin de l'étendue.
Quoi! rien ne me répond, lorsque ma voix perdue
    Murmure, expirante: au secours!

Quoi! ce terme inconnu, ne saurais-je l'atteindre?
Dieu! là-bas la lueur pâlit et va s'éteindre:
J'appelle; mes cheveux se hérissent d'effroi;
Mon corps transi d'horreur ne sent plus de la brise
Les chauds embrassements; dans la campagne grise
    Nage et s'épand un brouillard froid;

Et d'affreux craquements sous la terre mouvante
Résonnent; et j'écoute, abreuvé d'épouvante,
    S'ouvrir des abîmes sans fond,
Et du sol qui s'affaisse aussitôt arrachées,
Tombant et se rompant, des masses détachées
    Crouler avec un bruit profond.

Sous les cieux abaissés comme un lourd cercle d'ombre,
Hors l'unique sentier où fuit le cheval sombre,
Tout n'était plus qu'un gouffre au long mugissement...
Et déjà le sentier tremble sur ses racines;
Et chassant l'air en feu de ses larges narines,
    Le coursier gémit sourdement.

Il court; mais égaré, son œil fauve étincelle.
Il bat des flancs; sa tête ondoyante ruisselle

De flots d'écume et de sueur ;
Puis soudain il roidit ses pieds blanchis de poudre,
Et se cabrant, d'un bond repart comme la foudre...
Il a vu poindre la lueur !

Pour la seconde fois cette flamme agrandie
Vers le terne horizon s'allonge en incendie,
Dans les cieux ébranlés projetant mille éclairs :
De lamentables sons retentissent et grondent,
Et, dans le vide épars, les échos se répondent,
Voix sinistres de ces déserts.

L'ardente brume étend au loin ses plis magiques.
Mais voici survenir des formes fantastiques,
Pâles et les bras enlacés ;
Sous mes pieds apparaît, montant comme la houle
Aux plages de la mer, une innombrable foule,
Et j'éclate en cris insensés :

— En avant, bon coursier ! Oh ! la soif me dévore !
Que ce gouffre béant s'ouvre plus large encore !
Menacez, feux vainqueurs ! je ne vous entends pas.
Va, le temps est venu ; finie est notre peine :
Nous avons remporté le grand prix de l'arène
Sur la fatigue et le trépas.

Ne me retenez plus, ô vous, ombres aimées :
L'ambition me charme ; allez, vaines fumées,
Allez, fantômes d'autrefois !
Dussé-je en me livrant ne changer que de chaînes,
Dût un philtre mortel empoisonner mes veines,
Je vole où m'attire sa voix ! —

Et mon cœur bat plus fort, et déjà je m'élance...
Le sentier disparaît ! plus rien. — Nuit et silence !

Plus rien que le néant, — ni le sol, ni les cieux !
Et le coursier bondit en frémissant de rage
Pour tenter de franchir l'espace sans rivage ;
Mais nous retombons tous les deux.

Comme la goutte d'eau qu'un nuage secoue
Descend, larme de l'air dont l'aquilon se joue,
J'allais en ces abîmes sourds ;
L'épouvante voilait ma pensée insensible, —
Et rien ne s'émouvait dans le silence horrible,
Et je tombais, tombais toujours !...

CHANT D'ADIEU.

—

Adieu, beau ciel qui me fus doux à voir,
Source aux flots clairs, de feuilles parsemée,
Prairie en fleurs, pins au branchage noir,
Vieille maison de mon cœur tant aimée !
Le rossignol chante sous la ramée.

Oui, pour jamais adieu, vieille maison
Où j'essuyais les larmes de ma mère ;

Adieu là-bas au tombeau de gazon
Où j'ai prié sur sa cendre si chère. —
Le rossignol a fini sa chanson.

Je vais mourir ; qui me regrettera ?
D'aucun ami je ne serai nommée ;
Après ma mort, personne ne viendra
Baiser, pleurant, ma paupière fermée. —
Le rossignol chante sous la ramée.

Je vois finir ma dernière saison
En regrettant chaque feuille qui tombe ;
J'aimais toujours le trompeur horizon !
Mais la nuit vient ; c'est la nuit de la tombe.
Le rossignol a fini sa chanson.

VEILLE
DE LA PRISONNIÈRE.

—

A travers les barreaux du séjour de douleur,
Au sonner de minuit, se glissait la lueur
D'un suave rayon de lune ;

Et celle qui veillait dans la crainte et l'espoir,
Vers l'astre bien-aimé qu'elle ne pouvait voir
Souleva sa paupière brune.

Tel un ange de marbre, au profil calme et doux,
Jour et nuit sur l'autel adorant à genoux ;
Telle la blanche prisonnière
Attendait, immobile, et de cet angle obscur,
Son refuge quand vient le soir, ses yeux d'azur
Suivaient la trace de lumière.

Elle joint les deux mains sur son cœur frémissant,
Car elle pense au ciel d'où le rayon descend,
A ce ciel où sa mère prie
Pour sa fille innocente et que l'on fait souffrir,
Et l'orpheline alors, redoutant de mourir,
Pleure sa jeunesse flétrie.

Quoi ! dans cette nuit même où ses maux finiront,
Une amère douleur rend plus pâle le front
De la captive agenouillée ;
Et quand d'un air de doute elle s'est dit : Demain...
Sous ses cheveux tombants elle a senti sa main
D'une froide sueur mouillée.

» L'heure fuit... Que fait-il ? Oh ! s'il ne venait pas !
Je souffre... vainement je l'appelle tout bas.
Mon Dieu ! je suis seule et mourante ! »
Ainsi murmure-t-elle, et prompte à s'effrayer,
Elle boit à longs traits l'eau du vase grossier
Pour calmer sa soif dévorante.

Et s'éloignant déjà dans son rapide tour,
Le rayon laisse à peine au sol noir de la tour

Une étroite ligne argentée,
Et l'enfant tout en pleurs, qui se sent défaillir,
Écoute, mais hélas! n'entend nul bruit venir
A son oreille épouvantée...

SOMMEIL
DE LA PRISONNIÈRE.

—

Telle, après plus d'un jour passé dans l'air brûlant,
Rapide messagère au vol étincelant,
Lasse enfin, l'on voit la colombe
S'en aller, un moment, reposer sans frémir,
Rêvant au tendre nid où l'on peut mieux dormir,
Sur l'arbre qui borde une tombe;

Telle alors sommeillait, oubliant le malheur,
Et d'un bras soutenant son front beau de pâleur,
La jeune fille blanche et frêle;
L'autre bras retombait, effleurant le sol noir;
Ainsi l'oiseau malade, assoupi vers le soir,
Faible, laisse traîner son aile.

La fraîche violette, en son lit de gazon,
Dort moins paisiblement qu'au fond de la prison
L'enfant sur la paille étendue;
Pareille à la rosée aux lèvres de la fleur,
A ses yeux demi-clos, fatigués de douleur,
Brille une larme suspendue.

Sans doute elle rêvait, au venir du sommeil,
Des caresses de l'air qu'attiédit le soleil,
Surtout des baisers d'une mère
Dont l'angélique voix faisait vibrer son cœur;
Mais le sombre avenir, comme un spectre moqueur,
Passait entre elle et sa chimère.

Hélas! il fut si beau, son paisible matin!
Comme les sons mourants d'un luth dans le lointain,
Maints souvenirs plus chers encore,
Autour d'elle, d'amour revenaient murmurer :
Alors il lui semblait un instant respirer
Les vagues parfums de l'aurore!

Oh! comme elle pleura quand le rêve s'enfuit!
Elle pleura longtemps dans l'insensible nuit,
Solitaire et désespérée!...
Maintenant elle dort... Oh! retenez vos pas,
Et qui que vous soyez, ne la réveillez pas,
Cette âme d'angoisse navrée!

LE VOL DE LA FANTAISIE.

Je volerais vite, vite,
Si j'étais petit oiseau.
BÉRANGER.

—

I.

L'autre soir, — un beau soir, — j'étais à ma fenêtre,
Pensant à ma souffrance en espérant renaître,
Pensant à des objets que mon cœur n'atteint pas,
A tous les feux des nuits qui dansent sur mes pas ! —
Or, parmi ces débris nés d'une rêverie,
Doux comme les parfums de l'épine fleurie,
Mais dispersés aussi d'un coup d'aile du vent,
Parmi ces fols essors de l'âme, j'ai souvent
Évoqué cette idée, en vers toujours féconde,
D'être oiseau, de voler et d'aller voir le monde.

II.

Voir le monde ! être libre ! Oh ! si j'étais oiseau,
Comme j'échapperais à l'odieux réseau,
Comme je m'en irais, planant par les nuages,
Me choisir, orgueilleux, mon air et mes ombrages !
Mais avant de descendre à quelque grain de blé
Ou quelque filet d'eau, j'aurais longtemps volé ! —

Oui, je vole plus loin, je me fais difficile :
Qu'ai-je besoin, d'ailleurs, de chercher un asile?
Tantôt je bats de l'aile au front mouvant des bois,
En me moquant de l'homme et de ses vains abois;
Ou bien dans la vallée, et là je chante encore;
Ou jusqu'à des sommets que son pied lourd ignore,
Et je chante toujours! — O soleil, ô chaleur,
Air pur, baumes flottants de l'arbre et de la fleur,
Vous êtes bons pour nous?... Le voilà, mon domaine :
Une forêt sous moi s'étend comme une plaine;
Je puis la voir, du haut de mon ciel lumineux,
Dormir, fraîche oasis, dans son lit sablonneux. —
Qui croirait, contemplant ses cimes de la nue,
Que tout en bas, perdus sous sa voûte chenue,
Entre ses pieds géants se frayant leurs chemins,
Peuvent oser ramper des insectes humains?...

III.

Mais rien ne dure, hélas! rien. — Voilà qu'un nuage
Comme une île de brume à l'horizon surnage;
Voilà qu'en peu d'instants le beau ciel s'est troublé,
Tout triste sous le deuil de son soleil voilé...
Bel oiseau, que crains-tu? c'est tant mieux! Le vent passe.
Un bruit majestueux aussitôt dans l'espace
Résonne; la forêt sent l'orage venir,
Et tressaillant d'attente et d'espoir, pour bénir
Les grands nuages d'eau, s'éveille tout entière :
Ce murmure, ô cœur simple et bon, c'est sa prière
Qu'au loin les peupliers vont redire aux ormeaux,
Et quand de toutes parts la pluie à ses rameaux
Brille comme des pleurs dont de longs cils se mouillent,
Sous les présents de Dieu ses enfants s'agenouillent.
Si la tempête alors sur eux tonne en fureur,

Si tout à coup, frappé dans sa morne terreur,
Un sapin chevelu, de son faîte à sa base
S'ouvre et craque en débris sous le feu qui l'embrase,
Qu'importe ? la forêt sa mère a d'autres fils
Pour s'opposer encore à tes rudes défis,
Foudre du ciel ! bientôt, sans plus être éplorée,
Elle va, rafraîchie et verte, et mieux parée,
Saluant le soleil revenu plus brillant,
Joyeuse, balancer son dôme verdoyant.

IV.

O mes frères ! ainsi, pauvre forêt humaine,
Nous plions, prosternés au souffle qui nous mène,
Arbustes frémissants, malgré le cri d'espoir
Sorti de notre foule ; et lorsqu'on peut revoir
L'astre si regretté dont naguère l'absence
Retardait ce moment de douce renaissance,
Le reste de nos pleurs s'évapore au soleil,
Et nous nous partageons l'ivresse du réveil,
Sans songer, oubliant l'heure d'horrible crainte,
Aux martyrs courageux dont la trace est éteinte...

V.

Mais où va ma pensée emportée à tous vents ?
Malgré votre secours, ô rêves décevants,
Je sens me consumer ma fièvre solitaire.
Non, je ne suis qu'un homme, et j'habite la terre :
Demain je sentirai le poids brûlant du jour
Retomber sur mon front, dissiper mon amour
De la belle nature, appesantir mon âme,
Et vouloir tristement t'étouffer, chère flamme,
Jeune inspiration qui souffre dans mon sein,

Car il ne t'a jamais donné qu'un air malsain ! —
Cependant j'ai franchi mon atmosphère obscure;
Un instant j'ai plané d'en haut sur la nature,
Aspirant par l'esprit ses pleurs, ses chants, ses voix,
De tant de profondeurs exhalés à la fois.
Dans mon âme a vibré la lyre universelle
Que l'être intérieur de tout homme recèle,
Même lorsqu'il ne peut, grand artiste, au dehors
Essayer quelques-uns des intimes accords.
J'ai tenté de redire enfin le chœur suprême
Dont j'entendais l'écho résonner en moi-même :
Pour cet éclair de toi dans mon ciel obscurci,
O Dieu qui m'as fait homme et poëte, merci !

1842.

LA VIERGE DES EAUX.

BALLADE ALLEMANDE.

—

« Mon destrier, mon destrier,
A travers bois, à travers plaine
Fuis plus vite, étourdis ma peine!
Mon destrier, mon destrier,
Aimes-tu bien ton cavalier?

Tu trouveras peut-être un jour
Gîte sûr et chaude litière
Où dormir la nuit tout entière ;
Et moi j'aurai sans doute un jour
Un calme, un éternel séjour !

Cours donc plus vite, destrier !
Bientôt, dans la prochaine ville,
Suspendant ta course inutile,
Pour ton repos, ô destrier,
Mon pied quittera l'étrier :

Mais moi je me reposerai
Quand dans la terre froide et nue
S'ouvrira ma fosse inconnue ;
Mais moi je me reposerai,
Cher compagnon, quand je voudrai !

Oh ! si tu ralentis ton pas,
Que devenir, seuls, sur la route,
Sans une âme qui nous écoute ?
Oh ! si tu ralentis ton pas,
Viendront les esprits de trépas !

Passe vite, bon destrier :
La lune est pâle, à sa lumière
Les esprits vont sur la bruyère ;
Passe vite, bon destrier,
Ou tu perdrais ton cavalier !

Quel silence ! hélas, où vas-tu ?
J'ai cru voir là-bas sous la branche
Se glisser une forme blanche...
J'entends l'eau couler ; où vas-tu,
Près de ce vieux saule abattu ?

Tu veux boire, ô mon destrier,
L'onde limpide et fraîchissante :
Bois, mais crains la rive glissante ;
Oh ! prends garde, bon destrier,
Et pense au pauvre cavalier ! »

Mais l'esprit est là sous les eaux,
Pendant sa veille taciturne
Guettant le voyageur nocturne ;
Mais l'esprit s'élève des eaux,
Et frissonne dans les roseaux.

« Beau chevalier, beau chevalier,
Ce soir, ondine délaissée,
A toi je me suis fiancée :
Viens me trouver, beau chevalier,
Et laisse là ton destrier !

Prends-tu mon vert anneau de jonc?
Je suis pâle, mais je suis belle,
Et, de plus, pour toujours fidèle
A qui vient, par l'anneau de jonc,
M'épouser dans mon frais donjon.

— Vierge des eaux, ton corps est blanc
Comme l'écume de ton onde ;
Pâle est ta chevelure blonde :
Vierge, on croit voir, à ton semblant,
La lune sous le flot tremblant...

Pourquoi frémir, mon destrier?
Pourquoi te reculer de crainte?
D'amour je sens mon âme atteinte,
Et cependant, ô destrier !
Je quitte à regret l'étrier...

— Or, approche, mon cher Seigneur ;
Mais avant que ton bras me touche,
Viens me retrouver sur ma couche :
Or, approche, mon cher Seigneur ;
As-tu senti battre mon cœur ?

— Je ne sens plus un doux émoi ;
Ta lèvre immobile est glacée :
N'étais-tu belle qu'en pensée ?
Je ne sens plus un doux émoi ;
Vierge fatale, laisse-moi !

— Je suis ton épouse, je veux,
De voluptés inassouvie,
Goutte à goutte boire ta vie :
Je suis ton épouse, je veux
T'enlacer de mes verts cheveux !

— A moi ! reviens, bon destrier !
M'entends-tu, mon ami fidèle ?
C'est la mort : Viens me sauver d'elle ! »
Mais quand revint le destrier,
Plus n'appelait le chevalier.

LEVER DE SOLEIL.

—

Le soleil a paru, languissant dans la brume;
Son disque est amoindri, son sourire blafard :
Il se traîne, noyé dans la blanchâtre écume
Que d'en bas jette le brouillard.

L'astre-roi, près d'entrer dans son palais sublime,
Semble avec désespoir s'arrêter sur le seuil :
En vain, comme implorant le pardon pour un crime,
La terre se prosterne et se revêt de deuil.

Sur son flambeau mourant le nuage s'avance,
Un vil nuage, amas de grossières vapeurs,
Qui, sur le front du ciel jetant une aile immense,
Étouffe les rayons trompeurs.

L'horizon rabaissé d'un cercle étroit se borne;
Un voile gris s'étend au sommet du coteau;
Le voyageur sous l'arbre arrêté, pâle et morne,
Frissonne en resserrant les plis de son manteau.

L'eau du ciel fouette l'air de ses longues lanières;
Tout est pluie; à l'arbuste, à l'herbage, à la fleur,
Humides comme autant de pleurantes paupières,
Pendent des larmes de douleur.

O soleil, que fais-tu sous un linceul livide ?
Pourras-tu retrouver, beau phénix renaissant,
Ta gloire du matin, ton ciel d'un bleu limpide,
Et ton coucher, le soir, dans l'or éblouissant ?

Tandis qu'à ses banquets l'automne nous convie,
L'ombre et le froid jaloux dérobent tes traits purs ;
Tu pleures, souverain détrôné par l'envie
De tous ces nuages obscurs !...

Mais non : — sans t'affliger de nos brouillards immondes,
O radieux soleil, tu poursuis ton essor,
Et mènes après toi ton cortége de mondes
En laissant sur leur front traîner ta robe d'or.

Peu t'importe en ton cours la vapeur de la terre,
Ce globe inaperçu roulant autour de toi :
Voudrais tu donc ternir, dans ce lieu délétère,
L'éclat de ton regard de roi ?

Les champs de l'infini s'éclairent, quand tu passes ;
Tu vois tourbillonner en essaims tes pareils,
Et tu vas saluant de loin dans les espaces,
Au centre de leurs cieux, tes frères les soleils.

Tu marches à travers ces immenses royaumes,
Ces astres orgueilleux, au calme solennel,
Grands univers pour nous, et fragiles atomes
Dans les rayons de l'Éternel.

1841.

LA VEILLÉE DU CHATELAIN.

LÉGENDE.

—

C'était un soir d'hiver ; sous la brume glacée
La neige, lentement aux coteaux amassée,
Couvrait comme un linceul la face du vallon,
Et du Nord à grand bruit s'élançait l'aquillon.

Là, Dieu n'apparaît plus et la nature est morte ;
Point d'espoir dans les sons que la rafale apporte ;
Rien qu'une plaine blanche où nul regard humain
Ne pourrait retrouver la trace du chemin.

Or, cette même nuit, au fond de leur chaumière,
Les pauvres serfs, courbés sur un feu de bruyère,
Disaient, toujours jaloux des maîtres du manoir :
«Pour prendre du bon temps, ceux-là n'ont qu'à vouloir.»

Et là-bas, étalant sa grandeur féodale,
Bien close sous l'abri de ses murs, une salle,
Où l'air froid veut en vain se glisser en sifflant,
Resplendit aux clartés qu'épanche un tronc brûlant.

Assis près de l'immense et noire cheminée,
Le vieux seigneur, muet, achève sa journée,

Et songe que bientôt l'instant fatal viendra
Où son nom glorieux à jamais s'éteindra.

Sa fille à ses côtés filant triste et pensive
Penche son front voilé d'une ombre maladive :
Belle comme l'éclat du jour près de mourir,
Ou l'astre qu'un nuage, envieux, va couvrir.

Elle prête l'oreille et semble encore plus pâle...
On entendait le vent se plaindre comme un râle,
Et du vaste château parcourant les détours,
Secouer sur leurs gonds les portes de ses tours.

Tout à coup, effrayé, devant eux se présente
Un vieillard : d'une main que la peur rend tremblante
Il indique le nord ; puis, avec des sanglots
Non sans peine étouffés, laisse tomber ces mots :

« Noble sire ! là-bas, là-bas, j'ai vu, dans l'ombre...
Je l'ai vu, croyez-le !... se glisser comme une ombre...
Son spectre nébuleux s'avançait à pas lents,
Balayant le parquet de ses longs voiles blancs. »

Suspendant son travail, la demoiselle écoute,
Puis dit en soupirant : « C'est son esprit, sans doute.
André, sommes-nous pas au treize de janvier,
Le jour où nous quitta mon bon frère Olivier ? »

Sans répondre autrement, le serviteur s'incline,
Et d'un œil inquiet à part il examine
Le châtelain, qui veut sous un sombre regard
Cacher son trouble, et parle en ces mots au vieillard :

« Au nom du ciel, André, tais-toi ! tu viens encore
Me faire souvenir du fils dont je déplore

La perte pour toujours ! — Ma Blanche, mon enfant,
Tu pleures ! — non, peut-être il revient triomphant !

Toi, des larmes ! pourquoi ? va, pense à ta jeunesse,
Ris, chante : les ennuis sont faits pour la vieillesse ;
Jeune fille, les pleurs pourraient bientôt ternir
L'éclat de tes yeux noirs : souris à l'avenir ! »

Ainsi dit le baron dans sa tristesse amère.
La pauvre Blanche alors se rappelle sa mère...
Mais l'espérance calme un cœur dévotieux,
Et pourtant d'une main Blanche voile ses yeux.

— Silence ! il m'a semblé... Dieu ! ce cri de détresse
Vient du dehors !... Varlets, courez ; point de paresse !
Courez ! un voyageur peut-être va périr,
Saisi du froid des nuits : qu'on se hâte d'ouvrir ! »

On court : la jeune fille, à peine rassurée,
Prend et jette au foyer un amas de bourrée :
La flamme se ranime, et branches et sarments
Font jaillir l'étincelle en brusques craquements.

Cependant au dehors une neige abondante
Précipite dans l'air sa chute éblouissante ;
La bise en tournoyant s'engouffre dans les cours ;
La tempête s'abat sur le faîte des tours...

La porte s'ouvre ; on entre, on conduit avec peine
Un jeune homme déjà sans force et sans haleine :
Blanche le voit, chancelle, et pousse un nouveau cri. .
C'est de son frère absent le page favori !

Près du foyer brûlant à la hâte on le place.
On réchauffe ses pieds engourdis par la glace ;

La vierge s'inclinant vers lui les yeux hagards,
Écarte les cheveux sur son visage épars;

Puis d'un vin généreux elle verse une goutte
A sa lèvre flétrie; elle attend, elle écoute
S'il respire, et relève un peu le front pâli
De l'enfant, et tressaille : — il avait tressailli !

Regardant effaré, soudain il se redresse;
Il a tout reconnu. Sur sa poitrine il presse
La bienfaisante main; mais il ne peut parler,
Et le père et la sœur se prennent à trembler.

« Mon seigneur Olivier n'est pas mort sans vengeance...
Pour son page féal il avait l'indulgence
D'un frère — » Le beau front de son pâle vengeur
A ces mots échappés s'est couvert de rougeur.

« Depuis, ajouta-t-il, dans mainte prison dure
Je fus captif; plus tard j'échappai, d'aventure :
Heureusement j'ai pu vous conserver ceci;
Vous ne m'attendiez plus, cher maître, et me voici. »

aL jeune fille alors reçoit, agenouillée,
Une tresse en cheveux, de poussière souillée,
Et l'écuyer fidèle au père donne encor
Un chapelet d'ébène et les éperons d'or.

Et tous trois sur ces dons en silence pleurèrent.
Bientôt les serviteurs autour d'eux s'assemblèrent;
Pour l'âme du seul fils de l'antique maison
Du seigneur et des siens s'éleva l'oraison...

Pauvres serfs qui, courbés sur un feu de ramée,
Envieux et chagrins, dans la hutte enfumée
Maudissiez votre sort, — tel était, ce long soir,
Le bon temps que prenaient les maîtres du manoir.

L'ÉGLISE.

Le soleil du matin, sur l'église en prière,
Vient épancher à flots sa limpide lumière;
Les tabernacles d'or et les saints radieux
De reflets jaillissants éblouissent les yeux :
Planant sur leurs autels parfumés, les madones
Semblent pencher plus bas le front sous leurs couronnes
Pour respirer l'encens des vases pleins de fleurs,
En rêvant à l'aspect des humaines douleurs.
Les vitraux peints d'azur, de topaze et de rose,
Sur le parvis brûlant, qu'une eau prudente arrose,
Ont secoué l'éclat des robes de leurs saints,
Suspendus à l'ogive en lumineux essaims :
On dirait, émaillant les dalles diaprées,
Des fleurs du paradis les ombres colorées.
La rose du portail, les grands arcs élancés,
Les chapiteaux romans aux monstres enlacés,

Où l'artiste naïf sculpta de fantaisie
Quelque emblème ignoré d'inculte poésie;
Le chœur, le maître-autel tout de dentelle et d'or,
Les vieux tableaux noircis, l'orgue muet encor,
Les chapelles en fête et leurs saintes images
Qui retracent, auprès de la crèche et des mages,
Le gibet où Jésus bénit en expirant;
Sur leurs socles marbrés les anges adorant :
Tout aux feux du soleil s'échauffe et se ranime,
Tout vit, prêt à chanter un cantique unanime;
Tout semble, avec la foi des harpes de Sion,
Soupirer la prière et l'adoration!

CHŒUR, *dans le temple.*

Chantons, ô fils de la poussière,
Chantons l'hymne de notre amour;
Offrons l'encens de la prière :
Voici resplendir la lumière
Qui chasse l'ombre du faux jour!

O débile et mourante flamme
Qui devais brûler sur l'autel,
Une seule voix te réclame :
Mais cette voix réveille l'âme,
Cette voix lui prédit le ciel!

Viens à nous et quitte ce monde
Où devaient s'égarer tes pas :
Étoile, dans ta nuit profonde,
A travers le brouillard immonde,
Étoile, ne nous vois-tu pas?

Ton front est superbe, ô poëte;
Tu t'adores, risible dieu!
L'orgueil a couronné ta tête;
Tu prends la robe du prophète,
Et rêves ta place au saint lieu!

Hélas! trop faible créature,
Rougis au penser de tes jours
Jetés aux flots d'une onde impure :
Rallume en ta jeune nature
Le foyer des nobles amours!

Enfant, respire l'espérance,
La fleur au parfum le plus doux!
L'âme doit voir sa délivrance :
Même aux plus longs jours de souffrance,
Ne chante jamais qu'à genoux!

Les pleurs, l'extatique délire
Dont sourit un monde moqueur,
Les secrets où seul tu peux lire,
Tout ce qui fait vibrer la lyre,
Tout ce qui fait battre le cœur :

N'est-ce pas la moisson sacrée,
N'est-ce pas l'éternel trésor?
Réponds, réponds, âme inspirée :
Pourquoi te verser, égarée,
Du poison dans ta coupe d'or?...

Chantons, ô fils de la poussière,
Chantons l'hymne de notre amour;
Offrons l'encens de la prière :
Voici resplendir la lumière
Qui chasse l'ombre du faux jour!

LA JEUNE FILLE MOURANTE.

—

Pourquoi me réveiller, et que me voulez-vous?
En priant je m'étais endormie à genoux
Au pied de la croix solitaire :
Il me semblait qu'ici j'avais laissé mon corps,
Et cherchant d'où partaient de célestes accords,
Mon âme allait loin de la terre.

L'air des cieux me berçait d'un souffle frais et pur;
L'immense firmament de son limpide azur
M'enveloppait comme d'un voile;
Et toujours plus légère et toujours m'élevant,
La terre n'était plus qu'un point noir et mouvant
Sous mon perçant regard d'étoile.

Et vous me réveillez ! O ma mère, pourquoi,
Auprès de ce chevet où vous pleurez sur moi,
Vois-je luire une lampe obscure?
Suis-je encor de ce monde? Hélas! je me trompais.
Pourquoi ce lit funèbre et ces rideaux épais,
Ce silence dans la nature?

Il fait nuit. ô mon Dieu, c'était un rêve encor!
Êtes-vous éclipsés, astres aux rayons d'or?
O des cieux bienfaisante brise,
O vent plein de sommeil, descendez sur ce sol,
Et venez reposer vos ailes au doux vol
Sur ma jeune âme qui se brise!

LA VALSE.

POËME ÉLÉGIAQUE.

—

Nuit d'été, nuit d'amour tiède et voluptueuse;
Au vallon plein de fleurs, sous l'ombrage des bois;
Rires, chants, et là-bas danse tumultueuse
Quand l'orchestre splendide enfle ses mille voix,

Tout cela c'est la vie, enfants ! c'est la jeunesse;
C'est l'oubli du passé, l'oubli de l'avenir;
C'est dans le fond du cœur la volupté qui presse
De boire le poison sitôt près de tarir.

La nuit est close enfin : déjà des feux de joie
Tremblent sur l'horizon les rougeâtres lueurs;
Déjà, dans la forêt, la fête se déploie,
Comme un tableau magique aux changeantes couleurs.

C'est le bal, ruisselant de fleurs et de lumière,
Le bal au vol rapide, ivre d'égarement,
Le bal qui tourbillonne et foule la clairière
Sous les arbres émus d'un long tressaillement.

Ici le torrent coule, et la belle vallée
Repose sous l'abri de ses coteaux boisés;
L'onde parle tout bas à la rive isolée;
La nuit seule, attentive, écoute ses baisers....

D'où peut venir ce bruit que l'on entend à peine ?
Peut-être à travers l'ombre un pied mystérieux
Se glisse au rendez-vous, quand la fête lointaine,
Plus ardente et plus folle, attire tous les yeux....

Où vas-tu, jeune fille, en retournant la tête,
Sans choisir un sentier parmi tous ces chemins ?
Sur la rive pourquoi t'asseoir morne et muette ?
Pourquoi frémir ? pourquoi tordre tes faibles mains ?

Elle pleure ; elle est là, seule, dans le silence,
Pâle et comme glacée au souffle de la mort ;
Et sa voix (mais souvent un sanglot qui s'élance
Vient l'arrêter) sa voix gémit avec effort :

« Et moi j'aimais aussi, j'étais heureuse et belle,
Oui, belle et bien-aimée, et j'aimais, et j'aimais !
Je brillais au milieu d'une fête nouvelle,
Pauvre étoile filante éteinte pour jamais !

Et moi j'avais aussi la plus fraîche parure,
Une perle à mon front, des fleurs dans mes cheveux ;
Et j'allais écouter aussi, sous la verdure,
Ces mots de volupté qui cherchent des aveux !...

Et maintenant je suis seule et désespérée,
Seule et prête à mourir, seule et folle d'effroi,
Moi, souveraine un jour, moi, maîtresse adorée,
Moi, qu'on désirait tant... mais plus d'amour pour moi ! »

Elle pleurait... Soudain elle écoute, se lève ;
Son regard délirant lance un brûlant éclair :
Un écho du passé la poursuit-elle en rêve ?
Ou bien est-ce le chant de quelque esprit de l'air ?

C'étaient les premiers sons d'une valse allemande,
Vive et pourtant rêveuse en son étrange essor :
Si bien qu'en l'écoutant on se trouble, on demande
A l'heure qui s'enfuit plus de plaisir encor...

Ils étaient doux, les sons de la valse enivrante,
Doux, mais tristes au loin, pour le cœur sans ami,
Comme l'odeur qu'exhale une rose mourante,
Comme un baiser d'adieu sur un front endormi.

Jeunes hommes légers, jeunes femmes frivoles
Valsaient au frais du soir sous les grands arbres verts,
Ou cherchaient, échangeant de secrètes paroles,
Les sentiers de mystère et d'ombre recouverts.

Longtemps se prolongeait la joyeuse veillée :
Et la valse, plus vive, effleurait les gazons;
Et le vent balançait l'odorante feuillée;
Et le cœur écoutait de dangereux frissons.

Oh! comme elles valsaient, les folles jeunes filles,
Aux bras des cavaliers qui leur parlaient d'amour,
Oubliant le travail, les ennuis, les familles,
La vieille mère infirme et grondant tout le jour!

Et tout bas les priaient des paroles menteuses,
Et leurs seins s'embrasaient d'une douce chaleur,
Et la brise, froissant les cheveux des danseuses,
Secouait des parfums, comme d'un arbre en fleur.

Et là-bas s'élevait la voix de la maudite :
« Allez, dansez toujours; dansez, enfants, dansez!
A la valse! il est temps; la nuit passe si vite;
Pour vous comme pour moi viendront les jours glacés.

Mais vous êtes heureux ! allons, la valse encore !
Oh ! comme le plaisir fait palpiter le cœur,
Lorsque l'air est plus frais, l'orchestre plus sonore...
Amour, jeunesse ! vivre, oh ! pour vous quel bonheur !

Ils sont heureux... heureux ! Moi, je maudis la vie,
Sans plaisirs, sans amours, sans sourires pour moi.
Je sais que justement ma faute est poursuivie ;
C'est une loi de Dieu : mais je maudis sa loi ! »

Oh ! comme elle pleurait ! Et la valse étourdie
S'élançait, plus lascive en son rapide essor ;
Parfois, élevant seul sa vague mélodie,
Au loin se prolongeait le son voilé du cor.

Sur le torrent profond là-bas elle se penche,
La pâle jeune fille ; elle hésite, s'enfuit,
Revient... Là, près du bord, vole une forme blanche,
Qui paraît un instant, puis se perd dans la nuit.

Quel est ce bruit du flot qui jaillit de ses rives ?
Pas un souffle de l'air n'agite les roseaux,
Rien qu'un frémissement dans les ondes plaintives ;—
Tout est calme et désert ; plus rien au bord des eaux...

Valsez toujours, valsez et foulez la clairière !
Allez ! usez gaîment des nuits comme des jours :
Douces murmurent l'onde et la brise légère...
Enfants, la vie est belle ! allez, valsez toujours !

1839.

PENSÉE DE LA MORT.

A Sténio.

—

Il viendra, ce moment dont la seule pensée
Fait courir un frisson dans ton âme oppressée ;—
Il viendra, ce moment ;
Et tu ne seras plus qu'une dépouille humaine,
Ton regard sera mort, ta lèvre sans haleine,
Ton cœur sans battement.

Cette bouche sans voix, tout bas, dans le silence,
Ne dira plus le chant qui s'éveille et s'élance,
Par toi seul entendu,
Lorsque ton front pensif couve un nouvel orage,
Lorsque tressaille en toi, comme au vent le feuillage,
Ton esprit éperdu !

Tes bras que tu tendais, dans ton ivresse folle,
Lorsque t'apparaissait l'ineffable symbole
D'un idéal amour,
Tes bras se colleront aux flancs de ton cadavre ;
Le fantôme adoré qui te charme et te navre
Aura fui sans retour.

Où sera ton orgueil, pauvre fils de la terre,
Ta lyre, ta couronne, et le saint ministère
Que tu croyais remplir,

Au temps où tu voulais parer ta poésie
D'une robe de pourpre et d'or, exprès choisie
Pour ton riche avenir?

Tu veux jeter le blâme à la foule stupide;
Mais la Mort vient, d'un doigt ironique et livide,
Toucher ce front de roi;
Et soudain, vil débris, rebut de la nature,
Tu tombes confondu dans cette tourbe obscure
Couchée autour de toi...

O douleur! ô douleur! n'avance pas, prends garde!
Ou bien baisse les yeux et sous le sol regarde
Dans plus d'un noir cercueil,
Puis ramène un instant ta paupière éblouie
Vers le soleil lointain des printemps de la vie
Dont tu portes le deuil.

Celles qui te voyaient, légères et railleuses,
Et sous tes longs regards s'inclinant gracieuses,
Passaient en souriant,
Telles qu'aux jours d'été l'aurore au ciel éclose
Dans l'air plein de parfums s'élève fraîche et rose
Du fond de l'orient;

Regarde! elles sont là, froides, tout immobiles;
D'un souffle elle a flétri ces arbustes débiles,
La dévorante mort:
Regarde! elles n'ont plus de fleurs ni de sourire,
Et dorment sans garder, du nocturne délire,
Douce image ou remord!

Mais reviens à toi-même, égoïste victime:
Dis, ce trésor secret et cette source intime
De tant de visions,

Ta honte et ton orgueil, ton âme, — où sera-t-elle?
Éteinte pour jamais, ou pleurant, immortelle,
Ses lâches passions?

Ils ne le savent pas, les vénérables sages :
En vain ils ont voulu sonder tous les passages
Menant à cette nuit;
Ils ne le savent pas ! et la foule revole
A ses plaisirs impurs, et repousse, frivole,
Tout penser qui leur nuit.

Hélas! tu ne peux pas, poëte, avec la foule
Oublier en chantant le sable qui s'écoule,
Le vide de la mort;
Et tu te sens pâlir si la cloche réclame,
Et devant le néant trembler comme une femme,
Quand tu te croyais fort.

Ce n'est rien cependant; mais à l'heure suprême
Ne pouvoir même pas lancer un anathème,
Ou bénir, confiant !
Espace, éternité : grandes mers inconnues.
On appelait le jour; les ombres sont venues;
Il n'est plus d'orient!

Car nous sommes les fils d'une race maudite :
A notre aspect la Foi se détourne interdite,
En s'éloignant de nous:
Sans pitié nous raillons ce qu'elle a pu promettre.
Qui saurait aujourd'hui devant l'unique Maître
Plier ses fiers genoux?

N'importe! naviguons dans le troupeau des hommes,
Ignorant, insensés, même ce que nous sommes,
Quel est notre fardeau;

Et comme sous nos pieds la route n'est plus faite,
A chaque ombre d'autel, à chaque faux prophète
Demandant un bandeau.

Et l'ange de la mort, montant le coursier pâle,
Sans trêve, pour remplir sa mission fatale,
Arme ses traits puissants;
Et tombés dans la nuit, encor loin de l'aurore,
Nous nous sentons au cœur la flèche qui dévore
La séve de nos ans.

Sachons mourir alors, cohorte décimée,
Comme stupidement sait mourir une armée,
Hochet d'illustres jeux,
Feuillage desséché de la forêt humaine,
Que le vent des combats à chaque souffle entraîne
Et jette au sol fangeux.

1839.

LE RAYON.

(COUCHER DE SOLEIL.)

—

Un vent sinistre vole en balayant la terre;
La forêt, qui rêvait dans un silence austère,
S'éveille en tressaillant sous son abri profond,
Et les chênes, penchant leur vaste chevelure,
Se disent dans leur langue au sublime murmure:
Si la foudre en tombant nous meurtrissait le front!

Qu'un rayon descendant glisse au loin sur les herbes
Et remonte du sol jusqu'aux cimes superbes
En pâle sillon d'or prolongé dans les cieux, —
La terre alors sourit, comme une fiancée,
A son amant qui part, entre ses bras pressée,
Sourit, avec des pleurs entrecoupés d'adieux.....

Le rayon disparaît des campagnes dans l'ombre;
L'éclair bat le nuage au flanc livide et sombre;
La foudre en rugissant accourt de l'horizon;
Les chênes ont courbé leurs têtes colossales;
La forêt sous le choc des fougueuses rafales
S'émeut d'un immense frisson.

Mais qu'importent ces maux d'une nuit, jeune terre?
Veille comme une veuve en son deuil solitaire;
Veille en priant... Demain, pour calmer tes douleurs,
Luira le nouveau jour que ta détresse implore,
Et de l'astre brûlant qui veut t'aimer encore,
Au matin les baisers viendront boire tes pleurs.

Ah! combien d'exilés, pliant sous leur martyre,
Implorent vainement ce magique sourire
Dans la nuit de l'orage appelé passion!
Tristes fleurs sans soleil au fond de leurs vallées,
Combien de cœurs souffrants, combien d'âmes voilées
N'ont jamais connu ce rayon!

Combien, hôtes perdus dans un long labyrinthe,
Palpitants tour à tour d'espérance et de crainte,
Sous le poids de l'angoisse ont plié leurs genoux,
Et les bras étendus vers l'insensible voûte,
Pleins de foi dans ce Dieu qui les entend sans doute,
On dit avec des pleurs : Ayez pitié de nous!

Le ciel ne s'ouvrait pas pour le rayon céleste.
Le martyr retombait et Dieu seul lit le reste ; —
Ses yeux mourants, privés d'un regard fraternel,
Ne voyaient pas au moins les mondes de lumière,
Fête de l'infini venant à la misère
Jeter un sarcasme éternel.

Seigneur, miséricorde à toute âme orpheline !
Fais luire un doux reflet sur le front qui s'incline.
Le désespoir blasphème et le bonheur bénit.
Le bonheur apprend Dieu ; lorsque Dieu se révèle
C'est dans le chêne antique ou dans la fleur nouvelle,
Dans l'hymne saint de l'orgue ou la chanson d'un nid.

LE CONVOI.

Regardez ! un drap blanc cache la bière nue
Où dort pure et charmante une vierge inconnue.
La fleur de l'oranger embaume son cercueil ;
Mais ce parfum si doux n'est qu'un parfum de deuil.
Peut-être, ô du tombeau précoce fiancée,
Peut-être rêvais-tu dans ta chaste pensée
Un hymen tout de joie et d'amour, non celui
Pour lequel cette nef est parée aujourd'hui.
Dormez, beaux yeux éteints, sous la planche fatale.
Ame, va respirer ta lumière natale !

ÉPITAPHE.

Sous cette pierre dort une vierge, un enfant :
Poussière au sol mêlée, ange au ciel triomphant.

VOEUX AGRESTES.

Ah! sois maudite, ville aux splendides misères,
Ville où la fange est reine en se cachant sous l'or,
Où j'écoute, impuissant, les sanglots de mes frères!
Oui, sois maudite! ailleurs j'irai revivre encor.

Dieu! comme je voudrais m'éveiller loin des villes,
Cueillir, encore enfant, la marguerite aux prés,
Rire d'un rien; bondir, libre, aux vallons tranquilles,
Tout fier de ma jeunesse et de ses jours dorés!

Dieu! comme j'aimerais, errant près du rivage,
Sous l'étreinte de l'eau voir les saules frémir,
En cherchant des parfums à chaque fleur sauvage.
Sur l'herbe, au grand soleil, que je voudrais dormir!

L'air des campagnes, doux à ma faible poitrine,
L'haleine des ruisseaux, c'est tout ce que je veux:
Ma vague fantaisie aime l'eau qui chemine,
La feuille qui bruït, l'air qui souffle aux cheveux.

Idéal, idéal, me poursuis-tu sans trêve?
Des larmes ont, je crois, tombé sur tes genoux,
O poëte, et déjà finit l'heure si brève,
L'heure de liberté! Beaux songes, taisons-nous.

1840.

SOLITUDE.

Quand s'est calmée, au soir, la grande Babylone
Si l'artiste, debout et sculptant la colonne
De son futur tombeau,
A l'heure d'y laisser une empreinte sacrée,
Sent avec désespoir fuir la muse inspirée,
Et jette le ciseau,

Il se trouve bien seul ! Tout à l'entour, dans l'ombre,
La ville immense dort, comme un abîme sombre
Où rien n'a jamais lui ;
Il écoute le chant du silence qui veille ;
Il rêve sans repos, quand un monde sommeille,
Car nul ne rêve à lui.

Les pleurs dont au dedans son âme est abreuvée
Montent jusqu'à ses yeux ; sur l'œuvre inachevée
Il pose un front brûlant,
Et demande à son cœur, navré par la souffrance,
Si pour battre toujours il a quelque assurance
D'un avenir moins lent.

Puis il songe aux travaux de sa dure entreprise,
A ses pas incertains, au néant où s'épuise
L'élan de sa ferveur,
Aux feuilles du printemps que sur la route il broie,
A sa jeunesse avide et sevrée à la joie,
A ses jours sans saveur.

Il voit se dissiper la nuée illusoire
Qui, marchant devant lui comme un ange de gloire,
Entraînait son orgueil;
Pour lui plus de rayon, de consolant présage;
Muet, il va s'asseoir, et cache son visage
Sous un manteau de deuil.

Seigneur, ayez pitié de l'œuvre commencée,
De sa pâle jeunesse en proie à la pensée;
Ayez pitié, Seigneur!
Alors que dans l'oubli toute âme le délaisse,
Ne le condamnez pas encore; à sa faiblesse
Mesurez la rigueur!

Dieu bon, redonnez-lui l'espérance fleurie,
La foi dans l'avenir de l'auguste patrie,
La pure charité
Qui s'en vient, reconnue au parfum qu'elle exhale,
Étendre en se voilant sa robe filiale
Sur toute nudité.

1838.

A UN VOISIN.

—

Chante, brave ouvrier, sans penser à la vie;
Fais courir le rabot sans que ta main dévie.
Chante, car ta croisée est ouverte à l'air pur,
Et Juillet au dehors rit dans le ciel d'azur.
Vois, à cette fenêtre où grimpe un gai feuillage,
Timidement frissonne une brise au passage,

Qui bientôt s'enhardit, et, mêlant tes cheveux,
Bat la manche flottante à tes deux bras nerveux.
Lorsque le temps est beau, la vie est bien meilleure,
N'est-ce pas? plus léger tourne le vol de l'heure,
Plus vite accourt le soir et l'heure du repas,
Et celle du sommeil, si douce, n'est-ce pas?
Moi, si je chante, ami, mon âme n'est pas gaie
Comme la tienne, hélas! Je sens plus d'une plaie,
Mal secret que n'endort l'ombre ni le sommeil,
De ma vive jeunesse arrêter le réveil...

1842.

LE VOYAGEUR.

Dois-tu marcher plus loin, jeune homme triste et pâle,
Ou retomber sans force au premier de tes pas?
Si tu meurs à présent sur la route fatale,
Nul ne saura percer l'ombre de ton trépas;

Tes frères, dont chacun poursuit sa tâche ardue,
Ne verront point ton âme élever son essor,
Et nul ne renoûra, de ta trame perdue
Les fils désordonnés, qui peut-être étaient d'or.

Mais il le faut, mon Dieu! N'importe; continue
Ton voyage insensé : marche, marche toujours,
Sans écouter la foudre et sans craindre la nue,
Sans retourner la tête et sans pleurer tes jours.

Marche, puisqu'au penser dont le feu te dévore
Ton jeune front retrouve une ardente rougeur :
En vain l'orage gronde; avance, avance encore.
Que Dieu te soit en aide, ô pauvre voyageur!

1838.

LE CRÉPUSCULE SANGLANT.

—

Le château laisse enfin s'éteindre ses lumières ;
Sur son lit ténébreux il cherche à s'endormir.
Entendez-vous au loin le vent dans les clairières
Lugubrement gémir ?

L'œil voit, épouvanté, les feux follets livides
Dont le vol incertain suit le bord des marais,
Tandis que l'ouragan résonne dans les vides
Des profondes forêts ;

Il arrive au manoir, il s'y jette en furie
Comme pour l'ébranler, mais toujours le moins fort ;
Sur sa tige de fer la girouette crie
Et lutte avec effort.

Mainte ardoise des toits aigus part et s'échappe,
Tombant au fond des cours comme en un gouffre obscur ;
Maint volet mal fermé s'ouvre en sifflant, et frappe
Et refrappe le mur.

Temps sinistre ! l'éther se charge de nuées ;
L'oiseau nocturne grimpe aux branches des ormeaux.
Le courant ralentit ses ondes obstruées
De vase et de rameaux.

Et le ciel est de bronze, et le Dieu que l'on nomme,
Athée ou non, nous laisse en proie à chaque erreur,
Et la nature semble, avec le cœur de l'homme,
Palpiter de terreur.

Vayres, 1841.

L'ÉTOILE.

—

Quand la rapide roue avec fracas m'entraîne,
A l'heure de la brume, une étoile sereine
Monte dans le ciel pâle, et luit à l'horizon,
Seule encor : par instants ma mouvante prison
Me la laisse entrevoir : à travers le feuillage
Des arbres de la route, elle suit mon voyage,
Comme un regard ami de ceux qui m'ont connu,
Malgré l'éloignement jusqu'à moi parvenu.
Là-bas, me dis-je alors, l'obscure nuit d'automne
Brunit aussi le ciel ; déjà l'angelus sonne ;
Près de l'âtre, déjà l'on songe aux jours meilleurs
On parle en souriant des pauvres voyageurs,
Et peut-être plus tard que des yeux en prière
Verront la même étoile à la douce lumière !

1840. (Dans la diligence de Bordeaux à Paris.)

LES SOUVENIRS.

—

Et je pensais que l'âme a dans ses profondeurs,
Loin des flambeaux humains, loin des hautes splendeurs,

Des espaces qu'elle aime aux heures d'amertume,
Où cependant jamais elle ne s'accoutume.
Là, s'égarant avide et tremblante d'effroi,
En oubliant le monde où son rêve était roi,
Elle entend résonner dans la nuit, derrière elle,
Les pas des souvenirs à la marche éternelle,
Qui la suivent, serrant leurs groupes assombris,
Et foulant des rameaux et des boutons flétris.

1842.

RÉVEIL.

—

N'aurai-je point de chants pour les vastes douleurs?
Mes yeux ne sauront-ils jamais trouver de pleurs
Que pour mon ennui solitaire?
Lorsque la foule exhale aux cieux son désespoir,
Éteignant sous ses pieds le feu de l'encensoir,
Ne vois-je que moi sur la terre?

Non! si j'ai pu faiblir dans des sentiers perdus,
Les jours de mon labeur ne sont pas révolus;
Je cherchais une lampe sainte
Pour éclaircir un peu l'ombre de mon réduit;
Dans ma veille moins triste à présent elle luit,
Dissipant le trouble et la crainte.

Un rayon vient dorer mes horizons couverts ;
L'arbuste, en dépouillant sa neige des hivers,
N'espère pas plus que mon âme.
O mon âme, chantez sur un mode inconnu :
Le crépuscule enfin dans la nuit a paru,
Et l'appel d'en haut vous réclame !

Naguère je marchais, préférant les chemins
Où ne pénétrait plus le bruit des pas humains,
Et, foyer mourant sans lumière,
J'éloignais avec soin l'étincelle de feu
Prête à me ranimer, et j'insultais à Dieu,
Ivre de ma propre misère.

Je croyais être seul à souffrir, —fou plaintif !
Courbé, je m'appuyais sur un roseau chétif,
Ignorant son insuffisance ;
Et prenant pour moi-même un ridicule deuil,
Je n'avais que des cris de colère et d'orgueil
Pour étourdir mon impuissance.

Vainement sur mes yeux je serrais le bandeau ;
Il se déchire. Hélas ! je suis la goutte d'eau
Qui tombe et se perd dans l'abîme,
Ou l'atome invisible emporté par le vent,
Dont le grand tourbillon du siècle, en s'élevant,
Ne sait pas la misère infime.

Je ne suis pas élu pour chanter au festin,
Et riant des éclairs de l'horizon lointain,
Me couronner des fleurs que j'aime ;
Non, ma place est ailleurs ; l'orage menaçant
Attire le poëte, et son front pâlissant
Est préparé pour le baptême.

Sans relâche je veux dire le mal de tous :
Je me relèverai, tremblant, sur mes genoux
    Ployés par ma longue prière ;
Ma voix éveillera des voix qui l'aideront,
Et le souffle de Dieu rafraîchira mon front,
    Et je secoûrai ma poussière.

Combien, sous le soleil, traînant des jours flétris,
Et sans peser leur sort, sans en être surpris,
    Dorment chargés de triples chaînes !
Mais moi, plein de murmure et jamais résigné,
J'écoute retentir dans mon cœur indigné
    Les échos des douleurs humaines.

Oh ! si mes vers coulaient comme un fleuve puissant
Qui dans ses larges bords gronde, et fertilisant
    Sur son passage les vallées,
Précipite ses flots plus rapides toujours,
Et de l'antique mer s'opposant à son cours,
    Chasse les lames refoulées.

Mais pour me châtier d'un lâche énervement,
Dieu rend souvent rebelle à mon commandement
    La source où je me désaltère;
Dans mon âpre fureur je blasphème le ciel,
Ma lèvre avide cherche une coupe de fiel,
    Et je me couche sur la terre.

Heureux qui sans effort, à toute heure inspiré,
Peut semer à loisir sur un tissu doré
    Les perles de la fantaisie !
Moi, sous un joug fatal travailleur chancelant,
J'arrache du profond de mon cœur tout sanglant
    Ma palpitante poésie.

J'accomplirai pourtant ma noble mission
Jusqu'à ce que, frappé de malédiction,
Le rocher du désert s'épuise,
Et qu'au brûlant clavier de mes fougueux transports,
Ne sachant plus vibrer en habiles accords,
La harpe dans mes mains se brise.

1840.

STROPHE. (*Fragment d'hymne.*)

Précurseurs des races futures,
Levons-nous, purs et radieux,
Échos de toutes les natures,
Interprètes de tous les dieux.
. . . .

LES ÉCLAIREURS.

Dii estis.
JOHANNES, X, 34 et sqq

I.

Comme s'en va dans les nuages
L'oiseau qui fuit d'un libre vol,
Montant toujours plus loin du sol,
Plus loin de nos grossiers outrages,

Où s'élancent ainsi vos pas,
Frères, avant-garde sereine,
Quand l'armée au fond de l'arène
S'épuise en débiles combats,
Quand le plus fort de nous se traîne?
Répondez, au nom de nos pleurs,
Si vous êtes encor des hommes!
Loin des lieux obscurs où nous sommes,
Découvrez-vous d'autres splendeurs?
Voyez-vous enfin une aurore
Blanchir ces mornes horizons,
Et flotter l'air de nos prisons,
Brouillard impur qui s'évapore?
Ou, prêts à nous tendre la main,
Voyez-vous, au souffle qui passe,
S'éteindre l'aube dans l'espace,
La lumière sur le chemin?
Non, non : vos lèvres inspirées
Semblent invoquer et bénir,
Et votre bras, vers l'avenir,
Montre des routes ignorées.
Gloire à vous, guides précieux,
A vous, conducteurs que Dieu mène,
Éclaireurs de l'armée humaine!
Gloire sur terre comme aux cieux!—
Mais où sont ces clartés si belles?
Vautour immense apparaissant
Dans le crépuscule naissant,
Voici la nuit aux noires ailes :
Déjà les peuples effrayés
Se rappellent l'ancien murmure;
Déjà le serpent de l'injure
Se redresse et rit sous vos pieds.
Regardez, au vent de l'orage,

Se troubler d'un effroi secret
L'arbre géant de la forêt,
Comme l'arbuste sans ombrage.
Qui saura terminer, vainqueur,
La lutte à peine commencée?
Toute nature est oppressée,
Tout homme se sent froid au cœur :
L'aigle même craint dans son aire...
Éclaireurs, n'entendez-vous pas
Sur votre tête, sous vos pas,
Rouler un incessant tonnerre?

II.

— Nous l'entendons! mais notre sein
Respire une ardeur inconnue;
Et qu'importe sous quelle nue
S'avance notre calme essaim?
Qu'importe le ciel sur nos têtes,
Qu'il soit sombre, ou d'azur et d'or?
Qu'importe, loin de notre essor,
Ces nains, jouets de leurs tempêtes?
Nous sommes invincibles! — Dieu
Nous fait marcher au front des âges;
Et, malgré nos divers langages,
Nous les guidons au même lieu.
Trop lente, la tourbe infidèle
Cependant s'approche toujours :
Ses pieds déjà semblent moins lourds;
Elle pressent l'aube nouvelle. —
Sourions à ce mot de mort,
Chefs et prophètes de la vie,
Nous, dont l'existence suivie
Jamais ne suspend son effort.

Nous sommes les fils du Dieu fort,
Et l'éternité nous convie.
Que l'un tombe, un autre prendra,
Suivant sa mission divine,
Le marteau prêt pour la ruine,
La truelle qui bâtira :
Si l'erreur égare la marche,
Comme dans tout sentier humain,
On la renverse, et le chemin
S'illumine aux splendeurs de l'arche.
Nul n'entreprend, nul ne finit,
Mais tous nous étendons la trame :
Nos âmes sont une seule âme
Que l'être universel bénit,
Qu'il forma de la même flamme.
Nous sommes un, et non plusieurs,
Car dans notre phalange sainte,
A peine une torche est éteinte,
Que sa clarté renaît ailleurs :
Jamais d'irréparable atteinte!
La mort n'est plus, dans le milieu
De l'impérissable pensée,
Où notre carrière est tracée,
Où l'âme plane, où l'âme est Dieu.—

III.

— Allez, marchez dans votre voie,
Marchez affranchis de terreurs,
Le cœur plein d'une auguste joie,
Hommes forts, divins éclaireurs!
A notre obscure intelligence
Qui baisse avec doute le front,
Vos feux bientôt dissiperont

Le dernier voile d'ignorance.
Vienne un jour où, d'un vol plus fier,
Comme vous, fils aînés du monde,
Émergeant d'une nuit profonde,
Nous puissions respirer votre air!
Alors, du sommet à la base,
Au soleil nouveau rayonnant
Le genre humain s'échelonnant,
Des pleurs aura brisé le vase;
Alors, méditant prosternés,
Sous votre groupe de lumière,
Nous comprendrons votre carrière
Et vos combats prédestinés.
Au reflet de votre victoire
Chaque siècle va resplendir :
Nous verrons partout s'agrandir
Les tables d'airain de l'histoire.
Combien de noms souvent maudits
Par la foule aux routes battues,
Feront s'élever de statues
Au seuil des Édens reverdis!
Combien de taches effacées,
De martyres compris alors;
Combien de pleurs pour les efforts
D'âmes trop longtemps repoussées! —
Salut donc, et triomphe à vous,
Maîtres de la pensée humaine :
Sur ce globe, notre domaine,
Vous règnerez enfin par nous!
Frères, à cette heure bénie
Plus de pèlerins douloureux
Sentant toujours levé sur eux
Le froid stylet de l'ironie :
Dans nos cœurs aussi votre foi,

Comme sur nos fronts votre flamme!
Pour les peuples une seule âme,
Un seul nom, une seule loi!
A nous, faibles tels que nous sommes,
Par l'amour Dieu même est uni :
Gloire au Seigneur dans l'infini,
Paix sur la terre à tous les hommes!

1842.

LE HUIT MAI.

POËME.

(1842.)

La Providence fait souvent acheter à l'humanité de grands bienfaits au prix de grandes afflictions. La civilisation est aussi un champ de bataille sur lequel beaucoup de victimes doivent tomber pour faire avancer le reste du genre humain.

M. DE LAMARTINE.
(*Chambre des Députés.* 11 mai.)

—

I.

Il est temps de partir : adieu, Versaille, adieu!
Nous reviendrons te voir, beau Versailles, doux lieu
Qu'habite notre antique gloire.

Quand l'austère signal dans les airs a vibré,
Tes grands jets ruisselants sous le sol ont rentré
Ainsi qu'un prestige illusoire.

Le soleil ne luit plus sur tes mouvantes eaux;
Ils retrouvent, tes dieux couronnés de roseaux,
Leur couche de vase couverte;
Les gouttes de rosée éparses dans le vent,
Qui jetaient au vieux bronze un éclat décevant,
Se sèchent à leur barbe verte.

Mais Paris nous réclame et ses plaisirs des soirs :
Repose, parc ombreux aux larges réservoirs,
Reprends ta paix accoutumée!
Nos enfants pour un jour ont troublé cette paix :
Enveloppe ton front de voiles plus épais,
Et dors à la brise embaumée.

A Paris! car le soir loin de Paris fait peur.
L'esclave que le siècle a soumis, la vapeur,
Va nous y porter sur ses ailes;
L'air chassé par son vol rafraîchira nos fronts,
Et devant nous, comme un drapeau, nous secouerons
Sa fumée et ses étincelles.

Là-bas la cloche sonne : allons, il faut partir!
On entend le sifflet de l'appel retentir :
Prévenons ces bandes jalouses
De trouver une place au colossal charroi :
Adieu, palais toujours en deuil de ton grand roi;
Adieu, Versaille, à tes pelouses!

II.

Et la foule montait, précipitant ses pas,
Vers l'œuvre de métal où couvait le trépas!
Voilà donc l'édifice aux blanches balustrades
Où, sous vos pieds, plus bas que le sol des arcades,
L'espace, qu'on voudrait franchir comme l'éclair,
Découvre aux yeux surpris les rails jumeaux de fer,
Les wagons, ces prisons, elles-mêmes captives,
Puis les coursiers géants nommés locomotives,
Unis, pour cette fois, par des chaînes d'airain,
Et soufflant de colère en remâchant leur frein.
Le double monstre, las de sa courte inertie,
Vomit avec angoisse une haleine épaissie
Dont le noir tourbillon, à regret s'exhalant,
Se noue et se débat sur le pilier brûlant.
L'eau gronde en bouillonnant dans ses vastes entrailles...
Il part, il part enfin! — Voyez! loin des murailles
De la ville étonnée, il tourne, il glisse, il fuit;
Et tandis qu'à son front l'ardent fourneau reluit,
Que de longs sifflements l'excitent dans sa marche,
Que la vapeur le presse, il vole, coupant l'arche
Des ponts multipliés; il vole en s'animant,
Toujours faisant flotter un panache fumant
Sur ce front sourcilleux, espace rouge et sombre
Où son tyran hardi se dresse comme une ombre,
Et, le bras étendu sur le moteur dompté,
Le gouverne et le rend serf de sa volonté.
Spectacle étrange! au loin les tranquilles vallées
A ses rauques abois se réveillent troublées,
Les échos haletants palpitent de ces sons,
Un brouillard de fumée étouffe les buissons,

Les arbres tout rêveurs penchent leur tête grave,
L'air se plaint, refoulé par ce choc qui le brave;
Et partout la stupeur, l'émotion, le bruit,
Remplissent la nature et l'homme, dont l'œil suit
Quelques moments à peine encor la masse énorme;
Elle ne laisse pas reconnaître sa forme :
Vision empruntée aux vieux enchantements,
Quand un art souverain guidait les éléments.

III.

Ainsi la foule insoucieuse
Qu'emportait un vol dévorant,
Regardait s'enfuir, curieuse,
Les rivages de ce courant.
Les enfants, aux genoux des mères,
Dupes de mobiles chimères,
En riant montraient de la main,
Parmi la campagne mouvante,
Les grands arbres pris d'épouvante
Et volant le long du chemin.

Enfants! l'amour de leurs familles!
Un gai sourire dans les yeux,
Ils se rappelaient les charmilles
Où résonnaient leurs cris joyeux :
Les jeunes filles animées
Semaient leurs robes parfumées
De grappes de lilas en fleurs;
Moins fraîche est la rose éphémère,
Dérobée à la branche mère,
Que leur joue aux roses couleurs...

Et le convoi qui les entraîne
Court plus vite, plus vite encor;
Il déroule sa longue chaîne,
Irrésistible en son essor.
Que l'heure sonne, ce mirage,
Vu comme à travers un orage,
Va s'arrêter, et dans Paris,
Femmes, enfants, remplis de joie,
Entreront, laissant sur leur voie
Une odeur de rameaux fleuris.

IV.

O terreur! tout à coup le choc d'une secousse
Fait retentir le fer; un ouragan les pousse
Sur l'espace rayé :
Ils vont, Seigneur! ils vont, ils vont! rien ne maîtrise
La foudre. On sent bondir, sur l'essieu qui se brise,
Le moteur effrayé.

Aveugle, furieux, ivre de sa puissance,
Le colosse qui suit sur le premier s'élance,
Hurle en foulant son corps,
Et lorsque sur le sol a ruisselé la braise,
Voici que les grands chars tombent dans la fournaise,
Y secouant des morts!

L'un vers l'autre hâtant leur course formidable,
Ils craquent, repoussés par l'obstacle effroyable,
S'allument en sifflant,
S'entassent, et soudain des flancs noircis débordent
Deux cents êtres humains que les bras du feu tordent
Dans leur cercueil brûlant.

Malheur! ils sont perdus, car une main fatale
A scellé derrière eux ces tombes, où s'étale
Un trépas plein d'horreurs;
Malheur! car à leurs pieds la flamme inassouvie
Jaillit, les prend, les broie, et sur des corps sans vie
Prolonge ses fureurs.

Point d'espoir de salut! Sur eux la mort promène
Son œil de louve, et rit de tant de proie humaine :
Ils luttent cependant;
Ils luttent! Convulsive, au feu qui les dévore,
Leur troupe cherche à fuir, se roule, et vit encore
Dans l'abîme grondant.

Oh! ne demandez pas que ma voix énumère
Ces tourments inconnus, ni tout ce qu'une mère
Eut le temps de souffrir;
Ni le cri du marin *, qui, saisi par la flamme,
Mit les mains sur ses yeux pour ne pas voir sa femme
Et son enfant mourir...

Tout un peuple combat comme dans une arène;
L'incendie irrité plus vaste se déchaîne,
Et bouillonne hideux :
O dévoûment sauveur, méprise cette rage!
La matière a la force et l'homme le courage :
Qui doit vaincre des deux?

Ciel! il était trop tard! Déjà le plus grand nombre,
Gisait se consumant dans l'immense décombre :
Au cri qu'on entendait

* On entendit le contre-amiral Dumont d'Urville s'écrier : *Sauvez ma femme! sauvez mon fils!* Puis on le vit porter la main à ses yeux, et il disparut.

Sur les bords s'élever déchirant et terrible,
Déjà dans le foyer, Vésuve inaccessible,
Nul cri ne répondait.

Pendant toute la nuit flamboya dans la plaine
Ce bûcher dont le vent, soufflant à longue haleine,
Aiguillonnait l'effort :
On eût dit la lueur de torches funéraires.
Et le feu triomphant s'acharna sur nos frères...
L'homme était le moins fort !

V.

Voyez courir là-bas, au premier crépuscule,
Plus d'un pâle étranger, qui chancelle et recule
En approchant du lieu
Que l'habitant ému de la main lui désigne ;
Morne, il n'ose avancer, et tremble au moindre signe,
Et murmure : Mon Dieu !

En vain les malheureux, d'une parole éteinte,
Demandent en tremblant aux gardiens de l'enceinte
Chaque nom prononcé :
Parents, frères, amis, en vain vos yeux avides
Interrogent l'horreur de ces lambeaux livides
Où l'être est effacé.

Rien qu'une chose humaine, insaisissable et noire :
Devant l'objet sans nom, hélas ! toute mémoire,
Tout souvenir a fui ;
Nul indice ne parle et nul trait ne demeure :
La mère, en se penchant sur le fils qu'elle pleure,
Dirait : Ce n'est pas lui !

VI.

L'ardent Vulcain triomphe ; et la Grande Puissance
Ne daigne même pas signaler sa présence !
Je me trompe :—eh ! qu'importe un blasphème ?—le feu
N'est que ton serviteur, impitoyable Dieu :
Sois donc abandonné de notre amour ! — Que dis-je ?
Mais chaque essor nouveau, chaque nouveau prodige,
Mais ce feu destructeur redevenu captif ;
Mais la vapeur souffrante, au sifflement plaintif,
Forcée à nous servir ; mais la vie en ce monde,
De la haute montagne à la mine profonde,
Et l'éternel labeur gravissant vers sa fin,
Tout ce travail sublime est le travail divin.
Pour son noble ouvrier n'est-ce pas plus de gloire ?
L'empire universel exige la victoire,
La victoire une lutte, et la lutte des morts :
Les palmes du combat mûrissent pour les forts !
Ouvrons un vol plus large au ciel de l'espérance,
Et quand rayonnera l'aube de délivrance,
L'humanité dira : — J'ai vaincu mon enfer.
J'ai consacré l'hymen du Verbe avec la chair ;
Car, au pied de l'autel ceignant ma blanche robe,
Je rassemble en ma main les rênes de mon globe.

. . . .

. . . .

VII.

Peut-être (quelle loi défend de l'espérer ?)
Lorsque nous ne savons ici que les pleurer,
Ces âmes, nous quitttant joyeuses

Pour une autre lumière, écoutent dans leur vol
Et les bruits éloignés venus de notre sol,
Et les sphères mélodieuses.

Elles montent toujours : plus d'ombre ni d'effroi !
Et dans les cieux ouverts lisant l'unique loi,
Bénissent l'heure d'agonie ;
Le Dieu, qui sent en nous l'amertume des pleurs,
Mesure notre joie au poids de nos douleurs,
Et rend notre âme à l'harmonie.

Donc, avec plus de foi poursuivant l'avenir,
Relevant notre front, qu'un doute a pu ternir,
Marchons aux nouvelles conquêtes,
Jusqu'à ce que du mal le genre humain vainqueur
Fasse entendre lui-même, en un seul et grand chœur,
L'écho des invisibles fêtes.

FÉERIES ET DRAMES.

ESQUISSES.

LES ESPRITS.

MYSTÈRE FÉERIQUE.

—

PREMIER TABLEAU.

Galerie dite des Ancêtres, au château de Touresmont. — Dans le fond, une porte s'ouvre à gauche. — Entre l'Ange gardien de la famille des maîtres du château. Il s'avance à pas lents et en interrompant parfois sa marche. — A la deuxième strophe il s'arrête, et s'appuie, dans une attitude pensive et mélancolique, sur la balustrade à jour qui borde toute la longueur de la galerie.

L'ANGE.

Murs battus des rafales,
Voûtes des vastes salles,
Hauts piliers, larges dalles,
Me reconnaissez-vous?
Je suis l'ange fidèle
Qui vous couvre de l'aile,
Et sur vous, plein de zèle,
Veille et prie à genoux.

Quand la première aurore
Timidement colore
L'ombre, sans bruit encore,
Je viens, religieux,
Près des créneaux antiques;
Là mes chants prophétiques
Sur des ailes mystiques
S'envolent vers les cieux.

Passez, ô destinées!
Bien loin sont les années
Qui, jadis fortunées,
Vieillirent ce séjour;
Loin ces âmes pieuses,
Au Seigneur précieuses,
Qui pouvaient voir, joyeuses,
Poindre leur dernier jour.

Nobles, saintes familles!
Aurore, en vain tu brilles :
Fils vaillants, douces filles
Dont le cœur parle bas,
Fier comte, humble trouvère,
Dame chaste et sévère,
Chapelain qu'on révère,
Ne te béniront pas.

O mon âme, silence;
Amour, foi, vigilance!
Redoute l'insolence
Des enfants de la nuit;
Veille et reprends courage;
Ecoute le naufrage
Qui rugit dans l'orage.
Regarde! l'éclair luit!

(*Après une longue pause, l'Ange reprend, toujours calme et triste :*)

Seigneur, ainsi toujours obscur et solitaire,
L'ange exilé des cieux pleure sur cette terre!
J'ai bien souvent vers toi levé mes tristes mains.
Mais comment oublier que le sort des humains
Me fit nier jadis ta grande intelligence....
Oh! quand tu m'appelas, le jour de ta vengeance,
Tout en me prosternant devant ta majesté,
L'orgueil étincelait dans mon sein révolté,
L'orgueil que le maudit autrefois y fit naître...
Le maudit! tu le sais, ô mon souverain maître,
Toi qui m'as pardonné! — Loin, pâle souvenir
De honte et de terreur! — Salut, chaste avenir!
Pur du fatal levain de l'offense première,
Tu me rendras enfin ma robe de lumière,
Et ton ciel à mon vol ne sera plus fermé....
Seigneur, et je serai ton ange bien-aimé!
Cependant, soutiens-moi! Même dans l'espérance,
Dieu martyr, tu le sais! terrible est la souffrance.
Longue expiation d'un trop juste courroux,
Torture des mortels, quand achèverez-vous
De frapper sans pitié par vos poignantes armes
Mon cœur toujours saignant? Le temps marche, et mes larmes...

(*Pause.*)

D'où montent ces accords qui dans l'air endormi
Flottent presque indistincts? Est-ce un ange, un ami,
Dans l'ombre m'appelant d'une voix fraternelle?
Je ne reconnais pas le doux bruit de son aile...
Non, mais de cet esprit le vol est aussi doux.
Aimable enfant de l'air, salut! que voulez-vous?
Une fée!

(*La fée suspend son vol et se pose sur la balustrade.*)

LA FÉE, *riant.*

Ah ! ah ! ah ! que fais-tu là, bel ange ?
Pleures-tu de tes cieux les douceurs sans mélange ?
Hé, peux-tu rester seul à te morfondre ainsi?

L'ANGE.

Fille des nuits...

LA FÉE.

Écoute... A te parler ici
Je veux bien m'arrêter, — je te dirai plus même...
(*Gaîment.*)
C'est pour toi que j'accours, bel ange, car je t'aime!

L'ANGE.

Fée, oh! que me veux-tu, railleuse enfant de l'air?
Va, ton rire moqueur n'a pour moi rien d'amer.
Douce à la fin du jour est la brise odorante,
Doux le gazouillement d'une onde murmurante,
Doux le chant de la cloche au poëte rêvant,
Douce à son front qui brûle est la fraîcheur du vent ;
Plus ravissante encor résonne à mon oreille
Ton argentine voix pendant ma triste veille.
Heureux, ô fée, heureux, bienheureux est ton sort !
Que t'importent, dis-moi, dans ton joyeux essor,
Les larmes et les maux des mortels?

LA FÉE.

Tes paroles,
Hélas! n'ont point dit vrai. nous sommes aussi folles
Que vous. A ces mortels, comme vous, beaux gardiens,
Un charme nous unit par de cruels liens,
Suivant notre caprice,... et par bonheur, c'est rare.
Dans ces moments secrets, quel transport nous égare !
Alors nos yeux d'azur se voilent sous des pleurs,
Ou s'enflamment au choc de soudaines fureurs,
Comme un caillou, frappé par le fer, étincelle ;
Et notre chevelure à flots épars ruisselle

Sur notre blanche épaule et sur notre sein nu ,
Brûlant d'aveugle haine ou d'amour ingénu...
Alors il faut nous voir, tour à tour frémissantes
D'espoir et de terreur, — ou folles , bondissantes ,
Voler dans notre essor plus prompt que l'aquilon ,
Du mont à la forêt, du rivage au vallon !
Tantôt dans l'air sifflant sous notre aile rapide ,
Nous flamboyons ; tantôt, rasant le lac limpide ,
Évitant des esprits le piége ténébreux ,
Nous sillonnons la nuit , insaisissables feux.
Nous nous réunissons sous les chênes antiques ;
Nous enlaçons nos pas en des danses magiques ;
Nous évoquons sans choix ou l'enfer et le ciel ;—
Tout cela , pour savoir l'avenir d'un mortel !
Le hâter, si son cours s'annonce favorable ,
Le détourner, s'il vient malheureux ou coupable ,
Et nous pleurons alors , et prions à genoux ,
Pâles et sans repos comme l'un d'entre vous.

L'ANGE , *gravement.*

Pour le bien seulement , comme nous ?

LA FÉE , *après un silence.*

Oh ! je n'ose
Te répondre...

L'ANGE.

Adieu donc. — Comme une fraîche rose,
L'aube naissante va s'épanouir au ciel...
Reprenons , toi ton vol , moi mon deuil éternel.

LA FÉE , *gracieuse et d'une voix caressante.*

Pourquoi nous séparer? L'ombre nous cache encore ,
Et je suis lasse. — Esprit , ta voix grave et sonore ,
Comme un appel magique aux doux enfants des nuits ,
Ralentissant mon vol , me disait tes ennuis ;
J'écoutais les sanglots de ton âme brisée ,
Et j'ai laissé tomber les gouttes de rosée

Que je portais, joyeuse, à ma plus chère sœur,
De soif mourante. Grande eût été ma douleur,
Si mon amant folâtre aux ailes empressées
Sur la feuille d'un lis ne les eût ramassées.
Invisible, en mes mains il vint la déposer...
De mon étonnement il pensait abuser,
Laissant (j'eusse peut-être été reconnaissante)
Sur mon sein s'égarer son aile frémissante,
J'ai cru d'abord céder aux caresses du vent...
Puis j'ai trop reconnu ce charme décevant,
Lorsque son souffle pur, plus brûlant que les brises,
Avide, s'approcha de mes lèvres surprises...
Déjà ses bras de flamme à mon corps s'enchaînaient,
Mes yeux s'étaient voilés, mes ailes frissonnaient;
Mes lèvres aspiraient son haleine odorante...
Sous ses ardents baisers je tombais expirante.
Pauvre sylphe! déjà tu te croyais heureux.
Enlacés et bercés par le vent amoureux,
Peut-être... Mais la lune, entr'ouvrant le nuage,
Parut brillante; — alors sur le malin visage
Du sylphe, en ce moment de mon trouble vainqueur,
Je crus voir serpenter un sourire moqueur...
Je le chassai soudain d'un soufflet de mon aile,
Et m'enfuyant, légère autant qu'une hirondelle,
Je l'aperçus sous moi, pleurant, humilié,
A genoux dans la brume et demandant pitié;
Mais moi, cruellement, je lui rendis son rire.
Son dépit, sa fureur ne se peuvent décrire...
Que j'ai ri! — Beau gardien de deux ou trois mortels,
Tu ne sais que veiller et prier aux autels;
Notre existence à nous, toute d'air et de flamme,
Nos jeux et nos plaisirs ne tentent point ton âme.
Cependant, je te plains... Parle, j'aime ta voix.
Il me semble l'avoir entendue autrefois,

Aussi douce, aussi triste, ô malheureux génie;
Moins sévère en ces jours, sa divine harmonie
N'était pas seulement l'écho du désespoir...
Oh! oui, je t'ai connu.

L'ANGE.

Toi, fol esprit, savoir
Ainsi ce que je fus!

LA FÉE.

Regarde-moi... peut-être
Je fus ta sœur au ciel... ose me reconnaître.

L'ANGE.

Fille de l'air, esprit frivole, laisse-moi.

LA FÉE.

Écoute : j'ai senti je ne sais quel émoi
En te voyant. — Avant que dans la nuit profonde
Du chaos, eût éclos ce pauvre et chétif monde,
Avant que la révolte eût divisé le ciel,
Parmi tous ces esprits qui servaient l'Éternel,
J'avais place. — Oui, ton ciel fut jadis ma patrie;
Sœur des anges, d'un ange alors je fus chérie...
Naïm était son nom... le connais-tu?

L'ANGE, *se dressant debout sur la balustrade.*

Néla!
Néla! reconnais-tu la voix qui t'appela
Bien souvent, quand notre âme en sa splendeur première
Brûlait du chaste amour des anges de lumière?
Néla! Néla! Néla! reconnais-tu ces cris?

LA FÉE.

O Naïm! ô pour moi le plus beau des esprits!
Perdu, perdu par moi, je te retrouve encore!
C'est toi que j'écoutais pleurer à chaque aurore!
Naïm, ton nom m'est doux... Oh! m'as-tu pardonné?

L'ANGE.

Dieu nous a pardonné.

LA FÉE.

Non : il t'a condamné !
Pauvre proscrit du ciel, pleurant et solitaire,
Te voilà donc jeté sur cette froide terre,
Et la pâleur au front, et le remords au cœur,
Haletant et saignant sous la main du Seigneur !
Cette main, quand déjà respire ta souffrance,
Sous tes pieds soulagés va fauchant l'espérance ;
Tu t'inclines mourant sur le sol dépouillé
Dont le contact impur tant de fois a souillé
Ta robe jadis blanche, et pure, et virginale,
Comme du firmament la lueur matinale :
Tu peux encor prier, espérer, — même aimer,
Sentir l'amour, l'espoir, la foi se ranimer,
Jusqu'à ce que bientôt sur le sol tu retombes...
Ah ! les mortels du moins y rencontrent leurs tombes !

L'ANGE.

Silence, esprit fatal, démon qui m'as perdu,
De si haut en un jour, aussi bas descendu !
Silence, crains mon Dieu ! ta parole est impie.
Ici par mes douleurs notre crime s'expie...
Toi, ton sort est plus doux : le Seigneur soit béni
De m'avoir réservé, quand il nous a puni,
Le calice des pleurs ! Toi, faible créature,
Le ciel t'éblouissait ; à ta frêle nature
Mieux convenaient ce monde et son pâle soleil,
Sous l'abri de la fleur le diurne sommeil,
La danse aérienne au bord du lac limpide,
Pour amant le beau sylphe, et le gnôme stupide
Pour tes haines d'enfant ;... car ton timide vol
Bien plus près que du ciel s'agite près du sol.
A toi comme à tes sœurs la chute consolante ;
A l'ange criminel l'expiation lente.

LA FÉE.

Mais cependant... Hélas ! sur mes froids souvenirs
Les siècles ont passé... qui trompa mes désirs
En me disant ?.. Non, non, je me souviens... Moi-même,
Lorsque mes sœurs et moi, dans cet instant suprême,
Où l'abîme béant après nous se rouvrait,
Entendîmes de loin notre éternel arrêt,—
Trop doux arrêt d'exil,— je te vis la première,
Ton auréole au front ruisselant de lumière,
Sur ton blanc vêtement d'encens pur embaumé,
Gardant auprès de Dieu ton rang accoutumé.
Tu priais, et de nous tu détournais la vue,....
Ce fut tout; — sur la terre, à notre aspect émue,
Déjà nous demandions, pleurant encor le ciel,
Depuis trop oublié... Mais dis-moi, l'Éternel
Daigna donc t'épargner dans sa toute clémence?
Oh ! s'il en est ainsi, pourquoi donc ta présence
Dans ces lieux? Et pourquoi, plus chargé de liens,
Es-tu plus malheureux que tes frères gardiens?
Réponds.

L'ANGE, *triste et sévère.*

Fille de l'air, m'es-tu pas étrangère?
Loin de ces murs maudits, sur ton aile légère,
Vole dans le vallon choisir parmi les fleurs
Ton asile du jour; mêle ton rire aux pleurs
Du sylphe qui gémit pour captiver ton âme,
Et s'attachant à toi, lasse son vol de flamme.
Pour moi, que mon arrêt enchaîne à ce manoir,
Point de ciel rose et bleu, mais l'ombre du mur noir,
Le pavé de l'autel arrosé de mes larmes,
Les veilles, les sanglots, les affreuses alarmes
Sur le sort des mortels dont je garde les jours,
Et que mon zèle ardent ne peut sauver toujours...
Je retourne prier dans l'antique chapelle...

Adieu... Naïm n'a plus de Néla qui l'appelle...
Hélas ! Néla, ton sort est moins beau que le mien !

LA FÉE.

Reste ! par le saint nom je t'en conjure !

L'ANGE.

Eh bien,
Écoute, toi qui tiens du démon et de l'ange,
Et qui pour m'entraîner vers l'horrible phalange,
M'enserra dans les nœuds d'un criminel amour...
Amour d'abord plus pur que le foyer du jour...
Oui, Dieu me pardonna ma révolte insensée. —
Car lorsque des maudits la foule dispersée,
Rugissante, fuyait les tonnerres brûlants,
Serpents de feu vengeurs attachés à leurs flancs [1],
Saisi d'horreur, et prêt à rouler dans l'abîme,
Soudain comme un éclair m'apparut tout mon crime :
Une affreuse épouvante alors glaça mon cœur :
Déjà précipité, je m'écriai : Seigneur !
Ma chute s'arrêta, les foudres s'éloignèrent,
Et deux anges de Dieu dans leurs bras m'enlevèrent.
Rapides, vers le ciel reprenant leur chemin,
D'une palme nouvelle ils ornèrent ma main ;
De leurs doigts bienfaisants tressant ma chevelure,
Leur souffle de mon front effaça la souillure ;
Mon cœur glacé battit, et quelques pleurs joyeux,
Tombant sur ma paupière, éclaircirent mes yeux ;
Souriantes d'amour, leurs lèvres parfumées
Guérirent d'un baiser mes lèvres consumées.
Au pied du sanctuaire ils me portent tremblant.
Vaincu, sur mes genoux je tombai chancelant ;
Je vis Dieu... prosterné, je me voilai la face ;
Mon accent éperdu ne put proférer : Grâce !

[1] Voyez Milton, livre VI. (*Note de l'Auteur.*)

Et je joignis mes mains tremblantes de douleur,
Et mon cœur se fondit en un abondant pleur,
Pleur déchirant, amer, cruel, inépuisable;
Et j'ouïs du Très-Haut le pardon ineffable.
Alors de chants d'amour tressaillirent les cieux...
(*Pause.*)
Oh! de l'ange exilé souvenir précieux!
Baume de ma blessure, oh! coulez dans mon âme!
(*Pause.*)
Plus tard, — plus tard encore, — oh! je fus bien infâme!
Sur les maux des humains m'affligeant, j'ai douté,
Malheureux! oui, Seigneur, de ta sainte bonté...
Alors, tout à la fois et clément et sévère,
Dieu m'a dit : — Des mortels partageant la misère,
Invisible, inconnu, tu les consoleras...
Guide-les dans ma route, et lorsque tu prîras,
Offre-moi pour encens sur l'autel de ton âme,
Un penser bienfaisant, un chaste amour de femme,
Un sourire de vierge au cœur sans passion,
Du vieillard qui s'éteint la bénédiction,
Le respect des enfants, les veilles de la mère,
Le travail paternel pour la famille chère,
Tout ce qu'ont de sacré, de pur et de charmant,
La foi, la charité, l'amour, le dévouement. —
Je suivrai jusqu'au bout l'ordre auguste du maître,
Et... Mais je ne dois plus te voir ni te connaître;
Le temps s'est écoulé dans ce long entretien;
Et j'ai presque oublié... Là-bas, l'autel chrétien
S'étonne au jour naissant de ma trop longue absence...
Esprit, je te salue! Oh! silence, silence!
Adieu! l'ombre s'enfuit... adieu, fée!

LA FÉE.

Ange, adieu!

(*L'Ange s'éloigne.*)

Non, tu dois me revoir, et dans ce même lieu ;
Car ces mortels aimés que protége ton aile,
Seront aussi l'objet de ma veille éternelle;
Ta tendresse pour eux vient embraser mon sein.
Ou plutôt c'est Naïm. — N'importe : un grand dessein
Jaillit impétueux du fond de mes pensées...
Chères sœurs, hâtez-vous ! ranimez, empressées,
Au foyer de vos cœurs le mystique encensoir
Dont si doux les parfums vers Dieu montent le soir !
O jour, écoule-toi ! — Voici lever l'aurore :
Fuyons ! — Ma pauvre fleur, hélas ! m'attend encore.
Son calice flétri ne pourra se rouvrir...

(***Prête à partir, balançant son vol au-dessus de la balustrade.***)

Naïm ! Naïm !

(***S'abandonnant au souffle du vent.***)

O jour, hâte-toi de mourir !

(***La fée disparaît.— La galerie reste déserte et silencieuse.***)

DEUXIÈME TABLEAU.

Vaste clairière. Au centre, un chêne immense et touffu. Dans le fond, un petit lac duquel s'échappe un ruisseau rapide dont le cours argenté se perd sous les arbres de la forêt. Tomber de la nuit. La lune, large et pâle, se montre à l'horizon, dépassant à peine encore les cimes des pins. Site sauvage et grandiose. La fée Néla est seule sous le grand chêne, debout dans une attitude triste et pensive.

LA FÉE.

J'ai pleuré tout le jour dans ma rose flétrie ;
Je me fanais comme elle au vent du désespoir,

Et la plante a ployé sa tige endolorie,
Et j'ai vu s'effeuiller ma fleur jadis chérie
Au souffle indifférent du soir.

Car des sylphes passaient en longue et folle chaîne
A l'heure où je rentrais, et je l'avais appris...
Des présages trop sûrs dans la forêt prochaine
Annonçaient que la nuit jetterait sous le chêne
Une proie aux pâles esprits.

Eux dans l'ombre, volant autour de leur victime,
Dans leurs horribles mains boivent le sang des morts,
Après avoir au but poussé le fer du crime,
Et, messagers impurs de l'infernal abîme,
Ne font que le mal sans remords.

Douces et chères sœurs, compagnes bien aimées,
Sous le chêne fatal, seule, je vous attends.
Les étoiles au ciel scintillent clair-semées ;
La brise se balance aux branches alarmées....
O mes sœurs, venez : il est temps !
(*Pause.*)
Mais quel léger murmure à travers les feuillages?
Des ondines, au front ceint de blancs coquillages,
Se laissent entraîner sur la lame d'argent
Qui plisse du lac bleu le clair miroir changeant.
Je les vois : leurs cheveux, d'un blond pâle et verdâtre,
Ondulent mollement sur leur gorge d'albâtre,
Semblable dans sa forme au gonflement d'un flot
Que le torrent soulève avec un sourd sanglot.
Leur corps voluptueux, nu sous les ondes vertes,
Appelle le désir ; leurs lèvres entr'ouvertes
Aspirent l'air chargé de souffles embrasés ;
Leurs yeux semblent rêver de longs, d'âpres baisers,

Et leurs bras s'étendant sur la vague plaintive,
Chercher avidement une étreinte lascive....
Filles des eaux, aimez et jouissez! — Mais nous,
Sachez-le, nos attraits, plus chastes, sont plus doux
Sous la gaze ravie à l'aile du phalène,
Qui nous prête, l'hiver, l'imperceptible laine
De son dos protégé contre le frais des nuits....
Ah! frivoles pensers qui trompent mes ennuis!
Taisons-nous; surveillons le plus léger présage,
Cependant que la lune, au sinistre visage,
Monte sur l'horizon dans une brume d'or;
A cette heure où s'éloigne, approche, et fuit encor
Et la voix de l'ondine, et la chanson brisée
Que des sylphes répond la bande dispersée.

CHŒUR DES ONDINES.

Écoutez les soupirs du vent.
Beau saule, tu gémis, tu pleures!
N'importe, quittons nos demeures
Que dérobe le jonc mouvant....
Écoutez les soupirs du vent!

UNE ONDINE.

Sylphe, où donc s'envole ton aile
Loin de ces rivages ombreux?
Viens boire pour philtre amoureux
L'eau qui de nos cheveux ruisselle....
Sylphe, où donc s'envole ton aile?

LES SYLPHES.

O trompeuses, laissez-nous!
A genoux
Sous un arbuste qui penche,
Nous redressons de nos doigts
Son doux bois,
Sa verdure et sa fleur blanche.

A nous, purs enfants des airs,
Vifs éclairs
Qui sillonnons la nuit sombre;
A nous, papillons légers,
Messagers
Au vol enveloppé d'ombre;

A nous le soin des couleurs
De ces fleurs
Que ravive notre haleine,
Et des feuillages secrets
Des forêts,
Et des gazons de la plaine.

Ondines, guidez les eaux
Des ruisseaux
Sur les terres desséchées,
Et que nos lis parfumés,
Ranimés,
Lèvent leurs têtes penchées!

UNE ONDINE.

Écoutez les plaintes des vents
Qui sifflent dans les joncs mouvants.

CHŒUR DES ONDINES.

Frappez les flots, folles ondines,
Les flots rebelles et mutins.
Qu'ils lancent sous nos mains badines
Aux gazons mille perles fines
Et mille reflets argentins!

UNE ONDINE.

D'une main me tenant au saule
Dont la feuille caresse et frôle
Mon bras blanc et ma blanche épaule
D'où l'eau coule en filets perlés,

Je me laisse bercer par l'onde
Qui souvent m'aveugle et m'inonde,
Collant ma chevelure blonde
A mon col et mon sein voilés.

UNE AUTRE ONDINE.

Moi, j'aime à m'endormir, lassée,
Sur l'eau qui, blanche et courroucée,
En ruisseau fuyant empressée
M'emporte et me roule en ses plis;
Et le chasseur qui du rivage
Contemple ce site sauvage,
M'apercevant à mon passage,
Croit voir une feuille de lis.

CHŒUR DES ONDINES.

Ondines, ô mes sœurs fidèles,
Rions des sylphes inconstants;
Ils cherchent des amours nouvelles.
Chaque rose s'ouvre à leurs ailes;
Chaque rose dit : Je t'attends!

LA FÉE.

Pas ce soir!

LES ONDINES.

Ah! ah! ah! — C'est Néla.

UNE ONDINE.

Sous le chêne
Elle attend.—Mais quels bras m'entourent de leur chaîne?

UNE DEUXIÈME ONDINE.

Toujours eux!

UNE TROISIÈME ONDINE.

Quoi, toujours?... Sylphes, à notre sœur
(*Montrant la Fée.*)
Allez, sans plus tarder, débiter la douceur
De vos discours musqués.

UN SYLPHE.

Voyez !

PREMIÈRE ONDINE.

Elle est coiffée
De tristes fleurs !

LE SYLPHE.

De fleurs de mort.

UN AUTRE SYLPHE, *abordant la Fée.*

Charmante fée,
Qu'attends-tu loin de nous?

LA FÉE.

Ce que tu n'attends pas.

LE SYLPHE.

Que désignent ces fleurs? Réponds-nous?

LA FÉE.

Le trépas
De ceux que j'aime. — Allez, fuyez, esprits frivoles.

PREMIER SYLPHE.

Que se passe-t-il donc?

LA FÉE.

Taisez-vous !

PREMIER SYLPHE.

Ses paroles
Sont étranges.

DEUXIÈME SYLPHE.

Je tremble, et n'ose plus....

PREMIÈRE ONDINE.

Poltrons !

LES ONDINES, *s'enfuyant.*

Adieu, pauvres amis !

LES SYLPHES, *les poursuivant.*

Oh ! nous nous vengerons.

(*La Fée reste seule et paraît écouter attentivement.— Après une assez longue pause, on entend, dans un très-grand éloignement, sonner une cloche.*)

LA FÉE.

La cloche tinte, l'air bourdonne,
Et joyeux, le serf abandonne,
Au signal béni qui l'ordonne,
La tâche reprise au matin.
Déjà de la cloche argentine
La voix claire, lente, enfantine,
S'endort sous la verte courtine
Du feuillage obscur et lointain....

(*L'Angelus cesse de se faire entendre. Une voix s'élève alors sous les arbres, et quand elle a fini, une voix pareille s'élève dans une direction opposée.*)

PREMIÈRE VOIX.

Je viens, douce fée,
Au timide vol,
De pleurs étouffée
Et rasant le sol,
Comme un oiseau frêle
Se traîne sur l'aile
Poussant un cri grêle
Et tendant le col.

DEUXIÈME VOIX.

J'aime le feuillage
Qui danse et bruit,
Le clair babillage
Du ruisseau qui fuit;
Et je viens dans l'ombre,
Triste comme une ombre,
Faire un charme sombre,
Effroi de la nuit.

(*Entrent deux Fées.*)

DEUXIÈME FÉE.

Me voici!

TROISIÈME FÉE.

Me voici!

PREMIÈRE FÉE.

Soyez les bienvenues.
Que vous ont dit les vents, les étoiles, les nues?

DEUXIÈME FÉE.

Tout astre est menaçant.

TROISIÈME FÉE.

Tout présage est fatal.
La lune, apparaissant au ciel oriental,
Sous le nuage épais dont elle s'est voilée,
Semble une reine en deuil, épouse désolée,

Seule, errante et muette en son royal manoir,
Aux dômes assombris tendus de crêpe noir.

DEUXIÈME FÉE.

J'ai vu nos ennemis riant sous le feuillage;
Ils semblaient de quelqu'un épier le passage;
Ils disaient : Attendons, bientôt ils vont venir,
Et par nos soins bientôt ils vont se réunir.
Ils riaient de plus belle, et je fuyais tremblante;
Mais j'entendais l'éclat de leur voix insolente.

TROISIÈME FÉE.

Moi j'ai sans m'arrêter précipité mon vol.
Je n'ai pas écouté le chant du rossignol,
Qui plus doux que jamais s'élevait sous l'ombrage;
J'ai passé le torrent grondant comme un orage;
Les sylphes m'appelaient et je fuyais toujours;
Les sylphides, quittant leurs odorants séjours,
Dans l'air se répandaient comme un parfum de roses;
En un cercle amoureux je me voyais enclose;
Mais toujours je fuyais, car j'entendais Néla
Qui pleurait sous le chêne, et prompte me voilà!

PREMIÈRE FÉE.

O bonnes sœurs, merci! Mais vite, le temps passe,
Et du jour expirant le sourire s'efface.
Hâtons-nous, hâtons-nous! Vous savez mon désir;
Sachons mettre à profit cet instant de loisir.
Tout menace; exerçons notre agile puissance,
Car, si nous ne pouvons détruire l'influence
Des démons de la nuit, mes sœurs, nous savons bien
Du mal semé par eux, nous, faire naître un bien!

LES TROIS FÉES, *se tenant par la main.*

Le cercle magique
Sur l'herbe reluit;
Lueur fantastique,
Brille dans la nuit.
Chant cabalistique
Murmure sans bruit
L'appel fatidique,
Son fatal que suit
L'esprit prophétique.
Vite, l'heure fuit!

(*Une flamme s'élève tout à coup sous le chêne ; les fées y jettent chacune quelques herbes qu'elle consume lentement. Les fées tournent autour dans le cercle magique, en murmurant très-bas des paroles que couvre entièrement le frémissement toujours croissant des arbres, et le chant des sylphes dans le lointain.*)

LES SYLPHES.

Le vent s'élève.
Comme un rêve,
Sur les gazons,
Sur les sables,
Insaisissables
Nous passons.

Formons la ronde.
Dans un éclair
Tournons sur l'onde
La plus profonde ;
Tournons dans l'air !

Le vent s'élève.
Comme un rêve,
Sur les gazons,
Sur les sables,
Insaisissables
Nous passons.

(*Le chant s'est rapproché. Les sylphes dansent en formant un grand rond autour du chêne, mais sans trop s'approcher du cercle. Les fées forment un groupe immobile, et paraissent absorbées par l'attention qu'elles apportent à leur charme. Les sylphes cessent leur danse et s'éparpillent çà et là, mais toujours épiant les fées.*)

CHŒUR DES SYLPHES, *à demi-voix.*

Frères, cessons, cessons la danse ;
Il faut ce soir de la prudence !

D'AUTRES SYLPHES.

Tout est triste, mon cœur aussi.
Frères, que faisons-nous ici ?

UN SYLPHE, *avec crainte.*

Ah ! voyez, la lune se voile.
Plus un rayon, plus une étoile !

QUELQUES SYLPHES.

Voyez ! de ces naissantes fleurs
Déjà se fanent les couleurs !

(*Pause.*)

UN SYLPHE.

Rose pâle
Dont le dernier soupir
S'exhale,
Tu vas mourir!
Soumise,
Tu penches tristement
Ton front dépouillé lentement.
Sens-tu la brise
Accourir?
Rose, tu vas mourir!

CHŒUR DES ONDINES, *dans les roseaux.*

Sylphes chéris, laissez les fées.
De sombres guirlandes coiffées,
Voyez-les pleurer et pâlir.
Nous, plus belles et plus heureuses,
Sous nos bras sentons, amoureuses,
Les molles ondes tressaillir.

Des fleurs couvrent nos lits de mousse.
Notre haleine, aux rives si douce,
C'est la fraîche vapeur des eaux :
Nos soupirs en sont le murmure,
Qui répond dans la nuit obscure
Aux frémissements des roseaux.

LES FÉES, *tressaillant.*

Silence, silence, silence!
Esprits des airs, esprits des eaux,
Fermez l'aile, endormez les flots
Sous une magique influence. —
Silence, silence, silence,
Esprits des airs, esprits des eaux!

PREMIÈRE FÉE.

Silence! — Sur la nue, où fermente l'orage,

La lune s'élevant, du brouillard se dégage ;
Le vent siffle plaintif et froisse le feuillage,
L'onde gonfle ses flots écumant de fureur,
La terre tremble, l'air et les cieux s'obscurcissent,
Des chênes et des pins les branchages frémissent,
Des esprits malfaisants les appels retentissent,
Les éléments émus tressaillent de terreur.

CHŒUR DES FÉES.

Silence, silence,
Doux enfants des airs,
Car l'heure s'avance ;
L'esprit de vengeance
Surgit des enfers!

PREMIÈRE FÉE.

Là-bas, là-bas, voyez! — Les infâmes sorcières,
Sans horreur, des chrétiens osant fouiller les bières,
Sous leurs doigts décharnés réduisent en poussières
Des ossements blanchis et d'horribles lambeaux.
Écoutez, écoutez! j'entends leur chant barbare :
Les reptiles impurs, dans la fangeuse mare,
Coassent effrayés; le charme se prépare :
La chaudière a reçu les débris des tombeaux!

CHŒUR DES FÉES.

Silence, silence,
Doux enfants des airs,
Car l'heure s'avance ;
L'esprit de vengeance
Surgit des enfers!

SYLPHES ET ONDINES.

Ah! fuyons, fuyons vite,
Fuyons loin de ce lieu!
Le vallon nous invite;
Ondines, sylphes, vite,
Vite, fuyons! — Adieu!

VOIX ÉPARSES *et déjà éloignées.*

Adieu !
Adieu !
Adieu !

PREMIÈRE FÉE, *après un long silence.*

Le ruisseau bouillonnant sous les bras des ondines
Plus rapide s'enfuit,
Et l'écho faiblissant de leurs voix argentines
A peine encor bruït ;

Et dans l'air fraîchissant sous tant d'ailes errantes
Qui viennent l'agiter,
Pleines de sourds frissons, les feuilles susurrantes
Ont peur de palpiter....

(*Une pause.*)

Tout est calme — tout tombe en une paix profonde ...
O silence des bois,
Craignant de te troubler et de réveiller l'onde,
Je veux taire ma voix.

(*Longue pause.*)

Mais bien que comprimant ma sourde et longue plainte,
Je l'étouffe en mon sein ;
Toujours glace mes sens l'épouvantable crainte
Qui parle d'assassin !

(*Une rafale s'élève, un soudain frémissement secoue tous les arbres de la forêt ; le temps se trouble et change.*)

DEUXIÈME FÉE.

L'heure ! voici l'heure !
N'entendez-vous pas
La forêt qui pleure
A ce bruit de pas ?
Effrayant mystère !
Sentez-vous la terre
Frémir et trembler,
Et du chêne austère
Le tronc s'ébranler ? —

Tout se tait : silence !
La lune a pâli,
Sur son front s'avance
Un funèbre pli,
Où l'astre s'engage,
Sous le noir nuage
Presque enseveli.
Elle éclaire à peine
Mont, forêt et plaine

De ternes lueurs ;
Dans sa marche lente,
Son disque s'augmente
De vagues rougeurs...
La feuille jaunie
Vole en tourbillon ;
Sur la fleur ternie
Meurt le papillon ; —
Soudain quel silence ! —
Voilà qu'il s'élance
De l'horizon noir
L'orage en furie
Qui s'acharne et crie
Contre le manoir.
Le vent se déchaîne,
Courbe le grand chêne,
Tord, dépouille, abat
La débile plante
Qui sous la tourmente
En vain se débat,
Et traîne brisée
Sur le sol poudreux
Sa fleur irisée,
Pleine de rosée...
Tourbillon affreux !
Des oiseaux nocturnes
Au jour taciturnes,
Entendez les cris ;
Aux troncs ils s'attachent,
Se battent, s'arrachent
D'informes débris.
Le tourbillon roule :
Comme un mont qui croule,
La vaste forêt
Penche tout entière
Sa verdure altière,
Dont sous la poussière
L'éclat disparaît ;
Elle se relève,
Mais le vent sans trêve,
Frappe à coups pressés
Les cimes géantes
D'effroi mugissantes ;
Les pins fracassés,
Race chevelue,
Dressant dans la nue
Leurs vieux fronts blessés,
Luttent inflexibles,
Secouant, terribles,
Leurs bras hérissés.

(*La flamme s'éteint.*)

PREMIÈRE FÉE.

O mortelle atteinte !
La flamme est éteinte !

LES TROIS FÉES.

Malheur ! malheur ! malheur !
La mort glace mon cœur.
Un tel charme inutile !
Sois à jamais stérile,
O terre de douleur !
Malheur ! malheur ! malheur !

PREMIÈRE FÉE, *écoutant à droite.*

Silence et mystère !
Silence et mystère !
On vient ! oui, j'entends
D'un pied solitaire
Effleurant la terre
Les pas hésitants !

DEUXIÈME FÉE, *écoutant à gauche.*

Loin, bien plus loin, sous la ramée,
J'entends, j'entends aussi des pas.
O mes sœurs, ne sentez-vous pas
Monter, de la terre alarmée,
Monter une odeur de trépas ?

TROISIÈME FÉE, *regardant du haut du chêne.*

Moi, du haut de mon chêne,
Dans la plage lointaine,
Je vois un voyageur :
Sur son jeune front pâle
Je vois l'ombre fatale
De la main du Seigneur.

DEUXIÈME FÉE.

Tous trois viennent! — Là bas la cloche se balance,
Troublant du vieux château la profonde torpeur,
Et fantôme hagard fuyant dans le silence
Sur mon sein haletant vole l'horrible peur!

TROISIÈME FÉE, *debout sous le chêne.*

O toi, sourde ce soir aux paroles des fées,
Sois maudite à jamais, terre infâme! Étouffées,
Tes plantes vont mourir, tordant de désespoir
Leur tige dépouillée, et désormais le soir,
En flairant l'air qui passe, ô poussière sanglante,
Loin de toi s'enfuira le cerf plein d'épouvante!

PREMIÈRE FÉE.

Répandons-nous dans la nuit
Comme une brume légère,
Et glissons sur la fougère,
Impalpables et sans bruit.
Qu'importe l'heure sonnée?
Pour l'avenir incertain
L'œuvre n'est pas terminée,
Et notre œuvre est le destin.
Que chaque fée assidue
Se mette à sa tâche ardue!
Mes sœurs, il nous faut veiller :
Temps viendra pour sommeiller.

CHŒUR DES FÉES.

Sans éveiller la fougère,
Invisibles et sans bruit,
Comme une brume légère
Épandons-nous dans la nuit.

(*Les fées disparaissent. L'orage continue. Le ciel est sombre, menaçant, croisé d'éclairs livides. Le vent siffle avec violence dan les profondeurs de la forêt.*)

1838.

FRAGMENTS DE LARA,

DRAME.

PERSONNAGES.

FERNAN GONZALEZ DE LARA, dernier infant de Lara.
RUY VELAZQUEZ DE LARA, son oncle.
DONA FLOR, sa femme, fille de Ruy Velazquez.
DONA ELVIRE, veuve de Gonzalve de Lara, frère de Fernan.
BERMUDE, vieux serviteur.
PAGES, ÉCUYERS, DOMESTIQUES, ETC.

La scène est au château de Salas, en Castille (Xe siècle).

ACTE PREMIER.

Le départ pour la chasse.

(Grande salle du château.)

SCÈNE I.

FERNAN GONZALEZ, DONA FLOR, RUY VELAZQUEZ, BERMUDE, PAGES, etc

DONA FLOR, *à la fenêtre.*

Le ciel pur! Mon Fernan, ta chasse sera belle.

FERNAN, *à ses gens.*

Dépêchez-vous, allons.

DONA FLOR.

Fernan, l'on vous appelle.

FERNAN, *de même.*

Prends ce cor. — Toi, cet arc et ces épieux. — Pour toi,
Va voir si mon cheval est prêt, cours vite.

DONA FLOR, *s'avançant.*

Et moi,
Que dois-je faire?

FERNAN.

Toi, ma dame et ma maîtresse?
Me permettre un baiser.

DONA FLOR.

Non pas! le temps vous presse,
Et d'ailleurs avec nous il vous semble ennuyeux.

FERNAN.

Tu me grondes, je crois.

DONA FLOR, *avec un geste.*

Vous mériteriez mieux.

FERNAN.

C'est donc grave?

DONA FLOR.

Deux fois je parle, et de réponse
Pas un mot.

FERNAN.

S'il est vrai...

DONA FLOR.

Que mon père prononce.

RUY VELAZQUEZ.

Elle a tort.

DONA FLOR.

Ah!

FERNAN.

Sans doute.

RUY VELAZQUEZ.

Un chasseur, dona Flor,
Ne saurait écouter que les accents du cor,

Les abois d'une meute au loin dans les bruyères,
Et les cris renvoyés par l'écho des clairières :
Quel autre appel sur lui pourrait être puissant,
Quand il rêve de bruits, de poursuite et de sang?

BERMUDE, *adossé, les bras croisés, contre un pilier.*

De sang!

(*Ruy le regarde.*)

FERNAN.

C'est là parler en maître, sur mon âme!

DONA FLOR.

Pourtant, j'avais raison.

FERNAN.

Prenez garde, madame :
L'arrêt vient du seigneur Velazquez de Lara,
Le plus vaillant chasseur que l'Espagne verra,
Et contre tout gibier, soit sanglier ou More.
Je vous ai vu souvent, je veux vous voir encore,
Beau-père, sous vos coups vous tailler un chemin
Sans fatiguer jamais cette terrible main.
Venez-vous aujourd'hui?

RUY VELAZQUEZ.

Je ne sais : le voyage
M'a brisé de fatigue hier. D'ailleurs mon âge...

FERNAN.

Allons donc! vous viendrez. Et toi, mon vieux chasseur,
(*A Bermude.*)
Tu viens aussi?

BERMUDE.

Daignez me pardonner, seigneur;
Mais...

FERNAN.

Qu'as-tu ce matin? Es-tu triste?

BERMUDE.

Peut-être.

FERNAN.

La chasse t'égaiera ; suis-nous.

BERMUDE, *bas.*

Mon noble maître,
Je voudrais vous parler.

FERNAN.

Alors, dépêche-toi.

BERMUDE.

Non : plus tard, en secret.

FERNAN.

En secret ! et pourquoi ?

BERMUDE.

Le sire de Lara nous écoute.

FERNAN.

Qu'importe ?
Tu peux parler.

BERMUDE, *vite.*

Ce soir, à la petite porte
Du château, devancez le retour de vos gens,
Et venez seul.

FERNAN.

Enfin ?

BERMUDE, *haut, s'adressant aux pages.*

Soyez plus diligents,
Vous autres ; vous perdez le temps en jeux futiles...

FERNAN, *à lui-même.*

Quel mystère !

BERMUDE, *de même.*

Enlevez ces armes inutiles ;
Vite ! — Les jeunes gars sans moi ne feraient rien.

FERNAN, *à part.*

Seul ?

RUY VELAZQUEZ.

Gonzalez, vos gens vous obéissent bien.

FERNAN.

Oh ! vous l'excuseriez à ma place, je pense :
C'est un brave.

DONA FLOR.

Après nous, que Dieu le récompense !
Il a sauvé Fernan.

RUY VELAZQUEZ.

Lui ?

BERMUDE, *s'approchant.*

Près d'Almenara,
(*Montrant Fernan.*)
Vous savez? où sont morts les infans de Lara.
Rappelez-vous, seigneur !

RUY VELAZQUEZ, *à part.*

On dirait qu'il menace.

FERNAN.

Or çà, tout est-il prêt, mes fidèles ? En chasse !
(*A Velazquez.*)
Et vous, n'êtes-vous pas mieux dispos et plus gai ?

RUY VELAZQUEZ.

Décidément, beau-fils, je suis trop fatigué.

FERNAN.

C'est un malheur.—Tu viens me voir partir sans doute ?
(*A doña Flor.*)
Si je sens ton regard me suivre sur la route,
Mon espoir est plus grand, mon cœur est plus joyeux,
Et tout ce que j'aimais, alors je l'aime mieux.

DONA FLOR.

Et moi, lorsque tu pars, rien ne me reste ; l'ombre
S'étend autour de moi, le plus beau jour est sombre :
Il me semble être seule en un lointain exil,
Et je dis jusqu'au soir : Quand me reviendra-t-il ?

FERNAN.

Enfant ! tu veux me faire encore avancer l'heure
De mon retour.

DONA FLOR.

Mon père aujourd'hui me demeure,
Mais après... Non, Fernan, ton plaisir est le mien :
Si je te sais heureux, ne me reste-t-il rien ?

FERNAN.

Ma pauvre Flor ! — Holà, piqueur, écuyer, page,
Qu'on soit prompt à me suivre. Enfants, joie et tapage !
En selle, mes veneurs ! et que bientôt les cors
Ébranlent ces vieux murs de sauvages accords.
Çà, partons !

(*Tous vont pour sortir, lorsque doña Elvire passe au fond, voilée, mais la tête tournée vers Velazquez.*)

DONA FLOR.

Ah !

RUY VELAZQUEZ.

Que vois-je ?

FERNAN.

Elvire ! c'est étrange.

RUY VELAZQUEZ.

Elvire !

BERMUDE, *à part.*

Il a pâli.

FERNAN, *à ses gens.*

Vous tous, que l'on se range.

BERMUDE.

Silence ! éloignons-nous.

RUY VELAZQUEZ.

Oh ! Fernan Gonzalvez,
Me trahis-tu déjà, moi, don Ruy Velazquez,
Moi, don Ruy de Lara, qui t'ai donné ma fille ?
Je me croyais tranquille et sûr dans ta famille,

J'y trouve des regards brûlants de noirs transports.
Que veut-elle de moi, cette Elvire? un remords?
Le remords d'un Lara !

DONA FLOR.

Mon seigneur, quel coupable
Aurait porté ce nom?

RUY VELAZQUEZ.

Sa vengeance implacable
Veille et cherche le bras d'un homme pour soutien :
Mari de doña Flor, ce bras est-il le tien?

DONA FLOR.

Mon père!

FERNAN.

Épargnez-vous un soupçon téméraire.
Vous avez reconnu l'épouse de mon frère,
De notre Gonzalvez, et vrai Dieu! j'aurai cru,
Lorsque sa triste veuve à vos yeux a paru,
Que loin de nous montrer une insultante alarme,
Ces yeux laisseraient voir le désir d'une larme;
Car je l'avoûrai : moi, chevalier comme vous,
Moi, comme vous soldat, quand je vis à genoux
Sur Gonzalve livide et sanglant, cette femme
Se pencher tout en pleurs, je sentis dans mon âme
Un long frisson, je fus un instant égaré,
Et comme elle, à genoux, sur ce corps j'ai pleuré.

DONA FLOR.

Oublie, ô mon Fernan!

FERNAN.

Malgré moi je tressaille
A ce seul souvenir. — Sur le champ de bataille,
D'où nos derniers vainqueurs étaient enfin partis,
J'avançais, étendant mes bras appesantis,
Car le sang m'aveuglait coulant sur mon visage,
Et je ne respirais qu'une odeur de carnage :

Mon corps se hérissait de vingt pointes de fer ;
Mais l'âme souffrait tant, qu'elle oubliait la chair.
J'aperçus tout à coup, sous un rayon de lune,
Mes frères, réunis par une mort commune,
Couchés l'un près de l'autre et sur le même rang.
Fiers et terribles, tels qu'ils étaient en mourant.
Toute espérance alors en mon cœur dissipée,
Je m'arrête, appuyé sur un tronçon d'épée,
Et les regarde. L'un, des six le plus hardi,
Les couvrait de son bras menaçant et roidi ;
L'autre, serrant toujours des mains la croix d'un glaive,
Semblait prier encor... Puis soudain il s'élève
Un murmure sinistre, un léger frôlement,
Comme un vol de fantôme entendu vaguement.
Et je vois apparaître Elvire toute pâle,
Qui, jetant un cri sourd pareil au dernier râle,
Court à Gonzalve mort, le serre dans ses bras,
O déchirant baiser!... je ne vous dirai pas
Ce que je ressentis pleurant avec Elvire,
Seigneur ; je ne sais pas même si je dois dire
Qu'elle fut par les miens ramenée au manoir,
Notre asile commun, — car c'était mon devoir !
Oui, j'en prends à témoin doña Flor qui m'écoute,
Ma conduite eût été la vôtre, sans nul doute,
Si j'avais oublié le soin de notre honneur,
Et qu'un fils de Lara doit protéger sa sœur.

RUY VELAZQUEZ.

Mais tu n'ajoutes pas que cette sœur aimée.
Enfant, cherche à tromper ton âme désarmée
Contre la ruse, et veut, prodiguant le poison
Du mensonge, porter la mort dans ta maison,
La mort qui frapperait le cœur de ton épouse
Après le mien — Fernan, cette femme est jalouse
De notre paix, de ton bonheur, de votre amour,

Des biens qu'elle a perdus, et perdus sans retour :
Ne le comprends-tu pas ? Et ton Elvire encore
M'ose accuser de vous avoir livrés au More,
Tes six frères et toi, pour venger un affront;
Et de vils ennemis, sans preuves, le croiront,
Même après mon serment, après mon alliance
Avec toi, quand je viens te voir sans défiance,
Quand mon seul nom devrait étouffer un tel bruit!
O ciel! toujours, partout, ici même, il me suit.
Quoi! l'entendrai-je ainsi longtemps! quoi, cette haine
Autour de mon honneur comme un serpent se traîne,
L'inonde de sa bave, ardente à l'avilir,
Et je ne puis...— Elvire a dû me voir pâlir.

DONA FLOR.

Seigneur, écoutez-moi. Jamais, jusqu'à cette heure,
Elvire, seule et triste au fond de sa demeure,
N'a voulu la quitter, si ce n'est quelquefois
Par une belle nuit; et même alors, sa voix
Ne s'éleva jamais pour un accent de plainte :
Elle cache le mal dont sa vie est atteinte,
Et renferme les pleurs qui dévorent son sein;
Car elle veut mourir : voilà tout son dessein.

RUY VELAZQUEZ.

Enfant toujours crédule!

DONA FLOR.

Oh! croyez-moi, mon père,
Ou vous m'affligerez.

FERNAN.

Ruy Velazquez, j'espère
Que ce triste incident ne met rien entre nous.
Un passé glorieux m'a répondu de vous,
Et le soupçon n'a plus tourmenté ma pensée,
Sitôt que doña Flor devint ma fiancée.
A quoi bon m'excuser? ton cœur né généreux,

Noble Lara, pardonne un élan douloureux ;
Et d'ailleurs c'est au nom de notre foi chrétienne
Que ma main repentante ici cherche la tienne.

RUY VELAZQUEZ.

Bien, don Fernan.

FERNAN.

Par mon blason de chevalier,
Autrement sentirait ma main le meurtrier ! —
Merci, Ruy Velazquez.

(*Aux siens.*)

Compagnons, vite en selle :
Au soleil du matin la campagne étincelle,
Gagnons les bois avant la trop grande chaleur.
Mais écoutez.—Il faut respecter la douleur.
Gardez qu'un cri de joie, un son de cor, ne blesse
Celle que tout bonheur et tout amour délaisse,
La noble dame, enfin, que vous venez de voir.
Du silence jusqu'au détour où le manoir
Disparaît par degrés dans le fond de la plaine :
Qu'alors trompes et cors sonnent à toute haleine !
Partons.

DONA FLOR, *à son père.*

Et vous venez ?

RUY VELAZQUEZ, *à voix basse.*

Pour toi, quand tu voudras !

DONA FLOR.

Oh ! pour nous deux, mon père !

RUY VELAZQUEZ.

Allons, donne ton bras.

(*Tous sortent.—Elvire reparaît au fond du théâtre.*)

SCÈNE II.

DONA ELVIRE.

Allez, et fuyez-moi : ma haine sait vous suivre.
Ils avaient oublié que je daigne encor vivre ;
Insensés ! — Velazquez, rencontrant mon regard,
A pâli, comme un lâche à l'aspect d'un poignard ;
Et j'en ai tressailli d'orgueil, presque de joie,
Car je trouvais enfin sous mes pieds cette proie —
Ah ! je respire mieux.

(*S'avançant.*)

Salut, ô mes vieux murs,
Dans nos jours de bonheur si nobles et si purs !
Murs trop connus de moi, que je cherche et redoute,
D'où je crois voir du sang découler goutte à goutte,
Vous regardez sortir cet homme, et n'osez pas
Arrêter à jamais ses sacriléges pas ;
Murs fidèles, pourtant vous deviez le connaître,
Et crouler sur le front de l'exécrable traître !
Ce manoir redouté, le séjour de l'honneur,
Ne se souvient donc plus de son dernier seigneur,
Qu'il ne conserve pas, même dans la faiblesse,
Au moins quelque lueur de sa sainte vieillesse,
Comme une haute cime, après le soir vermeil,
Garde, tiède longtemps, l'empreinte du soleil ?...
Non, il n'est plus d'amour, il n'est plus de mémoire :
Seule j'aime à compter nos solstices de gloire
Luisant sur l'horizon désert... Qu'il était beau,
Ce grand vieillard, marchant doucement au tombeau,
Et retournant vers nous sa tête, couronnée
Des rayons les plus purs d'une longue journée !
Que de fois je l'ai vu, s'appuyant sur mon bras,
Et me nommant sa fille, ou priant Dieu tout bas,

Entouré de ses fils, confiants, jeunes, braves,
Reposer sur leurs traits des yeux calmes et graves.—
Oh! j'aime à contempler ces jours...

(*Elle s'asseoit.*)

C'était ici,
En automne,— un matin beau comme celui-ci!
Bustos, se soulevant de son fauteuil de chêne,
Parlait, en regardant vers la forêt prochaine:
Les frères pour la chasse ensemble allaient partir,
Et leur père prudent voulait les avertir
Des piéges ennemis semés dans la campagne,
Ou d'un ravin perfide au sein de la montagne;
Mais les hardis chasseurs préparaient en riant
Leurs armes, et déjà Gonzalve impatient
M'entraînait, appelant ma cavale peureuse.
Et tous étaient heureux; j'étais moi-même heureuse...
O rêve d'autrefois! tu brilles dans mon cœur,
Cruel comme l'éclat de ce soleil moqueur.

(*Sons du cor dans le lointain.— Elvire se lève.*)

—

SCÈNE DU IIe ACTE.

Le Duel.

RUY VELAZQUEZ, FERNAN.

(*Ruy Velazquez s'approche de Fernan, qui relève la tête.*)

FERNAN.

Vous!

RUY VELAZQUEZ.

Que t'arrive-t-il?

FERNAN.

Oh! ce que je désire.

(*Se levant et marchant à Velazquez, qui le regarde d'un air étonné.*)

Êtes-vous un Lara?

RUY VELAZQUEZ.

Moi?

FERNAN.

Pensez-y, messire,
Car c'est un nom toujours porté par des vaillants,
Et qui brille au milieu des beaux noms castillans.

RUY VELAZQUEZ.

Je suis Lara.

FERNAN.

Vraiment! mais je le suis moi-même.
Dites-moi (le mensonge ici serait blasphème):
Êtes-vous chrétien?

RUY VELAZQUEZ.

Dieu le sait.

FERNAN.

Dieu sait aussi
Que de lui seul mon âme attend grâce et merci. —
Ce n'est pas tout.

RUY VELAZQUEZ.

Non?

FERNAN.

Non.

RUY VELAZQUEZ.

Parle.

FERNAN.

Oh! sans nulle crainte;
Et quand par la fureur ma voix serait éteinte

Pour dire ce qui fut trop longtemps un secret ,
A défaut de ma voix , cette main parlerait.

RUY VELAZQUEZ.

La réponse pourrait prévenir la demande.

FERNAN.

Au cœur lâche et félon tout cœur d'homme commande :
La parole est à moi.

RUY VELAZQUEZ.

Fernan !

FERNAN.

Loyal vainqueur,
Doña Lambra , ma mère , était-elle ta sœur ?

RUY VELAZQUEZ.

Certes , ma propre sœur.

FERNAN.

Elle ! — Oncle de mes frères ,
Tu t'en souviens !

RUY VELAZQUEZ.

Laissons à leurs lits funéraires
Ces enfants que le bras de la mort a fauchés
Dans les champs du combat , par eux trop tôt cherchés :
Puisque tu crois savoir des choses qu'on ignore ,
Parle-moi des vivants.

FERNAN.

Eh bien ! tu vis encore ;
On me voit vivre aussi. — Maintenant que dis-tu ?
Le tronc ou le rameau doit-il être abattu ?
Les voilà , les derniers vivants de ma famille ,
L'un en face de l'autre aux yeux de la Castille.
Hâtons-nous en effet, don Ruy, de parler d'eux :
Le temps dévore vite où c'est trop d'être deux !

RUY VELAZQUEZ.

Que prétends-tu , Fernan? Quelle est cette démence?
Désormais entre nous le duel fatal commence ,

Et j'en avais senti plus d'un avant-coureur ;
Mais enfin apprends-moi ce que veut ta fureur.
Moi je n'ai pas besoin qu'on excite ma haine,
Et puis encore après de prendre tant de peine ;
Lorsque ce mal pour moi rend chaque jour maudit,
Je mesure le coup, je frappe, et tout est dit.

FERNAN.

Je suivrai tes conseils, ô frère de ma mère,
Et je frapperai.

RUY VELAZQUEZ.

Toi, jeune homme? Considère
S'il ne te faudrait pas, pour quitter tout lien,
Un cadavre de femme avant d'avoir le mien.

FERNAN.

Misérable! il dit vrai. Quoi, doña Flor ta fille!
Oh! non. — Ma douce Flor, l'ange de la famille,
Serait sa fille à lui, le traître, l'égorgeur
De ses neveux; et moi, leur unique vengeur,
Je l'aurais nommé père — ô bonne foi trompée! —
Quand je l'ai vu venir, à ma maison frappée,
S'offrir comme un soutien, et donner son enfant
A celui qu'il avait, dans un jour triomphant,
Cru mort entre les morts désignés par sa haine
Et tombés sous les coups de la hache païenne...
Va, je rirai de toi quand tu le rediras :
Elle est la fleur, et toi la honte des Laras!

RUY VELAZQUEZ.

Rends-moi ma fille, et viens après, viens, si tu l'oses,
Dans la plaine, au grand jour, me répéter ces choses.

FERNAN.

Crois-tu donc que ma voix n'osera pas demain
A la face de tous t'appeler assassin?

RUY VELAZQUEZ.

Demain! Pourquoi si tard, Fernan?

FERNAN.

Tu m'épouvantes !

RUY VELAZQUEZ.

Je veux savoir si c'est à tort que tu te vantes ;
Si — comme il faut le croire — à ces mâles discours
L'action répondra sans un nouveau secours.
Viens, et rassemblons là, dans ta plus vaste salle,
A l'éclair d'un signal cette foule vassale,
Qui va tout en rumeur se ruer sur nos pas
Pour voir de ces hauts faits que l'on ne revoit pas ;
Puis tu commanderas qu'un grand cercle se fasse,
Et nous nous placerons au milieu, face à face :
Tu seras maître avec ta volonté pour loi ;
Je serai comme ici sans armes devant toi ;
Tu daigneras me dire encor de prendre garde :
Je te regarderai comme je te regarde ;
Oh ! tu m'insulteras mieux même qu'à présent,
Environné des tiens et par eux tout-puissant.
Dis-leur ma trahison désormais avérée,
Et répétant que j'ai faussé la foi jurée,
Que dans le sang des tiens ma haine se plongea,
Prends un poignard alors; prends.—Tu trembles déjà!—
Je ne tenterai rien, Fernan, je te le jure ;
Ainsi n'épargne pas ta force ; après l'injure,
Frappe et refrappe-moi, mets sous tes pieds mon corps,
Et respirant plus librement, dis-leur alors,
Dis bien à tous au moins, de ta voix la plus haute :
Voilà comme aujourd'hui je sais traiter mon hôte !

FERNAN.

Lui ! — Toi qui pour punir uses de notre bras,
O colère de Dieu, ne m'abandonne pas !—
Lui, mon hôte ! Oui, cet homme a raison. Mais que faire ?
Ma tâche est plus cruelle encor si je diffère...

RUY VELAZQUEZ.

Tu ne viens pas?

FERNAN.

Attends!

(*Il demeure plongé dans une méditation profonde.*)

RUY VELAZQUEZ.

Je ne veux pas penser,
Moi! plus d'un souvenir me ferait balancer.
Jusqu'à mon dernier jour, sans voir à mieux connaître
Le destin qui m'attend, je resterai mon maître.
Non, je ne plîrai pas.

FERNAN, *sortant de sa rêverie et s'approchant de Ruy.*

Ô mon hôte, il est vrai,
Et selon mon devoir tout haut je l'avoûrai:
Tu peux t'enorgueillir d'un titre véritable.
J'ai partagé le pain et le sel de ma table
Avec toi comme avec les tiens, depuis hier;
Dans la même maison, respirant le même air,
Notre joie au festin s'est mêlée à la vôtre,
Puis nous avons dormi tous deux l'un près de l'autre.
Le jour — c'était hier, s'il t'en souvient, seigneur,—
Nous t'avions attendu, pour mieux te faire honneur,
Tous en habits de fête et de paix; ma bannière,
Laissant passer la tienne, avançait la dernière:
Et nous sommes venus ainsi par le chemin,
Quand ma main la première eut rencontré ta main...

(*Changeant de voix.*)

Mon oncle Velazquez, cette heure est bien passée!
Notre vie à présent c'est la lampe épuisée
Qui s'éteint lentement aux voûtes d'un tombeau,
Lorsque au dehors le jour luit souriant et beau.
La vengeance de Dieu, terrible, nécessaire,
Dans un réseau d'airain pour jamais nous enserre;
Car le seul survivant, ce glorieux vainqueur,

Aura senti la mort renvoyée à son cœur.
Écoute cependant : il faut finir. Ta fille,
Ma chère Flor est là, pensant à sa famille,
Son éternel amour et son éternel soin...
Mais tu sauras te taire ? — Oh ! je n'ai pas besoin
De te recommander que ce secret infâme
Se perde dans le fond de ta ténébreuse âme.
Vois donc Flor : toi, qui sais si bien dissimuler,
Tu le pourras, j'en suis certain, sans te troubler.
Moi je vous fuis, je vais errer dans la montagne,
Ou lancer mon cheval à travers la campagne ;
Il n'importe : les miens, me croyant égaré,
Longtemps me chercheront, et je ne rentrerai
Qu'à la nuit. Mes chasseurs, revenus de la plaine
Haletants et brisés par leur course lointaine,
S'en iront reposer à l'ombre du sommeil
Leurs fronts appesantis brûlés par le soleil : —
Veille alors. Tu m'entends ?

RUY VELAZQUEZ.

J'entends.

FERNAN.

Veille et pars vite,
Pars en secret ; j'aurai préparé pour ta fuite
Une issue, et là-bas des chevaux attendront
Pour tes hommes et toi. Ne crains rien, mais sois prompt
A quitter le château. Le reste nous regarde. —
Et quand vous entendrez accourir, prenez garde :
Car celui qui terrible et fort vous poursuivra
Aura nom don Fernan Gonzalvez de Lara !

RUY VELAZQUEZ.

Nous attendrons.

FERNAN, *souriant amèrement.*

C'est bien ; et j'y serai sans faute.

Mais, par le Christ, tais-toi près d'elle ! — Adieu... mon
hôte.

(*Il sort du côté opposé au château. — Ruy Velazquez demeure immobile jusqu'à ce que Fernan ait disparu.*)

—

FRAGMENT DUNE SCÈNE DU IIIe ACTE.

FERNAN, DONA FLOR.

FERNAN.

. . . . Ma bien aimée,
Comme ton front est pur et suave ta voix !
Oui, toutes mes douleurs s'en vont quand je te vois.
Reste, épanche le calme à ma tête brûlante —
Oh ! je souffre. — Ma main sent la tienne tremblante...
Enfant, je t'ai fait peur, je crois ? qu'avais-je donc ?
Parle... à genoux je veux te demander pardon,
Car je t'aime toujours, toi, si belle et si bonne ;
Mais lui — lui ! je le hais.

DONA FLOR.

Qui, lui ? — Dieu ! je frissonne !

FERNAN.

Qui ? ton père.

DONA FLOR, *suppliante*.

Fernan !

FERNAN.

J'aime ta voix, ma Flor.

DONA FLOR.

Mon généreux Lara !

FERNAN.

Lara ! ce nom encor !

Ils m'ont dit que l'honneur de ce nom est ma tache ;
Que, si je le laissais ternir, j'étais — un lâche !
Ils l'ont dit, — ou je l'ai pensé. Toujours ce nom !

DONA FLOR.

Secourez-nous, Vierge du ciel !... — Un lâche — oh non.
Jamais ! On n'aime, on ne saurait aimer qu'un brave,
N'est-ce pas ? Et je t'aime, et je suis ton esclave,
Et je vis à tes pieds. Tu le sais ; mon bonheur
Repose dans toi seul ! — Ton honneur ! ton honneur !
Mais c'est aussi le mien ; mais j'en serai jalouse
Comme de ton amour, moi Flor, moi ton épouse ! —
Tu ne m'écoutes plus.

FERNAN.

Je les vois ! — O terreur !
Je ne me trompais pas : regarde !

DONA FLOR.

Étrange erreur !
Tourne vers moi tes yeux, je t'en supplie en grâce —
Il n'entend plus. Il ne sent pas que je l'embrasse.

FERNAN.

Regarde !

DONA FLOR.

Hélas ! malheur à nous !

FERNAN.

Ha ! tu les vois,
Car c'est vrai ! ce sont eux ! tous les six à la fois !
Regarde donc !

DONA FLOR.

Oh ! fuis ces lugubres chimères :
Mon Fernan ; laisse-toi conduire ailleurs.

FERNAN.

Mes frères !

DONA FLOR.

Viens ! viens !

FERNAN.

Je veux les suivre.—Au fond du corridor
Ils s'arrêtent—s'en vont à pas lents—puis encor
Reviennent !—Deuil navrant !

DONA FLOR.

Non, ta vue est trompée ;
Non, dis-je.

FERNAN.

Celui-ci tient une lourde épée,
Toute rouge de sang et de lambeaux humains ;
Celui-là prie, et serre un glaive des deux mains ;
L'un a le cou plié sous le fer d'une hache ;
L'autre rit en jetant la dague qu'il arrache
De son flanc entr'ouvert.—Ciel ! un cinquième encor :
Il semble avec défi vouloir sonner du cor ;
Mais la mort a tari le souffle de sa lèvre.—
Un sixième !

DONA FLOR.

Grand Dieu !

FERNAN.

Non, je n'ai point la fièvre,
Et mes yeux ont perdu leur sommeil. — Le voilà !
Comme il est beau ! C'est lui —Gonzalve !—Là ! c'est là !
Du sang qui coule à flots de sa tête frappée,
Autour de lui la terre est largement trempée.
Ses cheveux sont collés à son cou— c'est du sang
Qui roule dans les plis de son front menaçant ;
Sous le bras déchiré qu'il porte à sa poitrine,
Bout le sang d'une plaie affreuse qu'on devine,
Et sur cet autre bras qui retombe froissé
Paraît aussi du sang— du sang noir et glacé !
Mon frère aîné, Gonzalve ! attends ! c'est la vengeance
Que tu veux, n'est-ce pas ? la voilà qui s'élance,
Avide, insatiable, horrible... la vois-tu ?

Rallume à son éclair ce regard abattu,
Lève ce front brisé! va, ma vengeance est belle,
Son vol est foudroyant et sûr, sa faim cruelle,
Ses ongles de vautour, et sa dent plongera
Jusqu'à l'infâme cœur de l'oncle des Lara.

—

FRAGMENT D'UNE AUTRE SCÈNE DU IIIe ACTE.

DONA ELVIRE, BERMUDE.

ELVIRE.

Bermude, on nous trahit.

BERMUDE.

Non, ce serait infâme;
Don Fernan risquerait le salut de son âme;
Non, cela ne se peut.

ELVIRE.

Si je te le fais voir?...
Homme simple! tu crois au serment, au devoir,
Au souvenir des morts, quand le bonheur appelle?
Il vaut mieux oublier, et la vie est trop belle.

BERMUDE.

Mon maître est chevalier et chrétien.

ELVIRE.

Chrétien? lui!
Comme Ruy Velazquez, dont il se fait l'appui.

BERMUDE.

Madame!

ELVIRE.

Laisse là ta loyauté crédule:
Va: de la terre au ciel tout trompe et dissimule.

BERMUDE.

Vous blasphèmeriez!

ELVIRE.

Dieu me sauve de l'erreur,
Car rien ne m'apparaît qu'à travers ma fureur.—
Mais l'instant se prépare et ma vengeance est mûre.
Oh! je voudrais saisir le plus faible murmure,
Distinguer une haleine au passage de l'air,
Une ombre se glissant dans cet espace clair. —
N'as-tu pas entendu? ..

BERMUDE.

Tout est nuit et silence.

ELVIRE.

Heure où le traître marche avec plus d'insolence,
Où le crime respire! Ami, veillons toujours.—
Il va faire appeler sa fille à son secours.

(*Ironique.*)

Flor—oh! je sens ma haine encore envenimée!—
On l'aime—le sais-tu?—comme je fus aimée...

BERMUDE.

Vous êtes femme, Elvire.

ELVIRE.

Homme *! je te comprends.—

(*Après une pause.*)

J'ai pourtant des pensers et des désirs plus grands
Que n'en savent avoir ces créatures frêles,
Mes sœurs par la naissance, et j'ai honte pour elles
Quand je les vois plier sous le coup d'un affront,
Au lieu de se roidir et de lever le front.
Je ne suis pas ainsi, moi! mon âme est plus forte.
Il se peut qu'à mon tour un ouragan m'emporte
Et me brise; mais nul ne me verra faiblir.
Qui pourrait se vanter de m'avoir fait pâlir?...—

* Exclamation très usitée en Espagne.

Hélas ! et cependant tu disais vrai peut-être.
Si je me plais dans l'ombre où nul œil ne pénètre,
Si ma main s'accoutume à ne jamais trembler,
Ce n'est pas sans effort, ni sans dissimuler
Je ne sais quelle impure et misérable envie
De ceux dont un bonheur illumine la vie,
Qui passent devant moi, souriants, amoureux,
Comme le souvenir de mes seuls jours heureux,
Et me jettent, fuyant de la lugubre voie
Où je marche isolée, un reflet de leur joie. —
Oui, je hais don Fernan ; oui, je hais doña Flor...
Ah ! tu disais trop vrai : — je suis bien femme encor !

—

PETITS FRAGMENTS.

I.

ELVIRE.

Un cri d'oiseau de nuit partit de cette cour,
Et je devins tremblante et pâle ; il faisait jour :
Mon Gonzalve, riant de mon air d'épouvante,
Me dit : — Viens, tu vas voir si c'est à tort qu'on vante
Mon coup d'œil de chasseur. — Alors il détacha
Son arc de la muraille, et là-bas se pencha
(Oh ! je le vois encor — c'est à cette fenêtre,
A ce même balcon), cherchant où pouvait être
L'oiseau qui m'alarmait, et moi je le suivis,
Retenant ma frayeur, lorsque soudain je vis
Un aigle, paraissant de la plus forte race,
Pressé par des corbeaux qui lui fermaient l'espace,
Tomber en tournoyant, frappé d'un coup mortel
Par ces vils ennemis, lui l'aigle, roi du ciel !

(Acte I.)

II.

FERNAN, *à doña Flor.*

. . . . Mon amie,
Dans ces horribles temps de meurtre et d'infamie, —
Ces temps où nous vivons, — les hommes ont souvent
Des soupçons devant eux chaque jour s'élevant,
Qui suspendent leurs pas, et font leurs yeux plus sombres;
Spectres mornes : tout fuit dans de confuses ombres,
Tout s'efface, et l'esprit sent un effroi pareil
A ces terreurs des nuits qui brusquent le réveil.

(Acte II.)

III.

ELVIRE.

Ruy Velazquez, ton nom n'est que le nom d'un traître :
Malheur à qui te voit sans pouvoir te connaître,
Malheur à qui se fie au grand nom de Lara,
Porté par Velazquez! — car Velazquez saura
Jeter sur ce grand nom du sang et de la boue;
Des serments et de Dieu dans son cœur il se joue,
Et malgré le blason dont il pare son sein,
Velazquez de Lara n'est qu'un lâche assassin!

(Acte III.)

IV.

ELVIRE.

. . . . Saint Jacques! frappe, Espagne,
Frappe l'ami du More et ses soldats maudits!
Tes saints patrons sur toi veillent au paradis.
Le chrétien renégat est pire que le More :
Tue et rougis ton bras, Espagne, tue encore,
Sans pitié, sans effroi, sans trêve! n'entends rien! —

A mort ces cavaliers, à mort! — Allons, c'est bien,
C'est cela! — saisis-les entre tes mains puissantes;
Qu'ils tombent, laissant fuir leurs juments hennissantes;
Et pour mieux t'épargner des triomphes nouveaux,
Espagne, écrase-les sous le fer des chevaux!

(Acte IV.)

V.

DONA FLOR.

Adieu, noble pays! adieu, cœur des Espagnes!
Je salue en mourant tes monts et tes campagnes.
Adieu, vieille maison désolée à jamais,
Et vous, mes serviteurs, et tout ce que j'aimais!
Si j'ai hâté ma mort, ô Dieu clément, pardonne:
Ah! laisse-moi prier pour ceux que j'abandonne!

(Acte V.)

FRAGMENTS DE LYONEL,

DRAME.

—

(Une cellule servant de laboratoire.)

—

PERSONNAGES DE LA SCÈNE.

LE PÈRE JÉROME, vieil ermite.
TORTICOL, nain.

JÉRÔME (*seul.*)

Torticol?

(*Entre Torticol.*)

TORTICOL.

Maître?

JÉRÔME.

Ici!

TORTICOL.

Le chien attend votre ordre.

JÉRÔME.

Un vrai chien en effet : il peut lécher et mordre.

TORTICOL.

Mais la langue est bien plus maligne que la dent.

JÉRÔME.

Pourquoi ce ton amer, esclave, en répondant?

TORTICOL, *avec hypocrisie.*

Moi, doux Sauveur!

JÉRÔME, *avec mépris.*

Assez. — Ferme cette fenêtre,
Cette porte. A présent, va-t-en... Torticol!

TORTICOL.

Maître?

JÉRÔME.

Reviens.

TORTICOL.

Voilà.

JÉRÔME.

Ce livre.

TORTICOL.

Ouf!

JÉRÔME.

Eh bien?

TORTICOL.

Le voici.

JÉRÔME.

Ne sors pas : donne-moi... Non, vas t'asseoir.

TORTICOL.

Merci!
Quel beau temps! Ah, je vois un oiseau qui s'envole.

JÉRÔME.

Paix! — Être misérable et cependant frivole!
Anormal composé d'argile et de limon,
Qui forme un corps trop laid même pour un démon.
Cela peut-il avoir une âme? O toi, Nature,
Ouvrière de Dieu, voilà ta créature!
Tu ne fais qu'obéir... ce n'est qu'un jeu cruel
De ce Dieu tout-puissant, despote paternel...
Triste dérision! — Malheureux, je blasphème...
Pardonne-moi, Seigneur!

TORTICOL.

Oiseau, reviens, je t'aime,

Ah, je ne le vois plus ! Il allait, il allait,
De buisson en buisson : parfois il s'envolait,
Puis après un grand tour sur la branche ployée
S'arrêtait, l'aile encor à demi dépliée,
Semblait vouloir chanter, et soudain s'arrêtant
Il s'essuyait le bec, s'éloignait en sautant,
Avidement happait au passage une mouche,
Gazouillait, sautillait, voletait... puis farouche,
Il est parti bien loin tout palpitant d'effroi.

JÉRÔME.

Tiens ta langue, ou sinon...

TORTICOL.

C'est qu'il m'amusait, moi.
Il l'aura deviné. Si j'étais à sa place... !

JÉRÔME.

Torticol, misérable esclave ! Ordre ou menace
Ne peut donc rien sur toi?

TORTICOL.

Maître, vous me parlez ?

JÉRÔME.

Indocile avorton !

TORTICOL, *après un instant de silence boudeur.*

Tout ce que vous voulez,
Je le fais sur-le-champ : vous ne pouvez vous plaindre
De votre serviteur.

JÉRÔME.

Toujours gronder et geindre
Dans ton coin, sans vouloir m'entendre ?

TORTICOL.

Et vous ?

JÉRÔME.

Viens çà,
Viens çà, te dis-je. Un jour ma main te ramassa
Dans un champ où sortant de naître, sur la terre

Tu gisais étendu, délaissé par ta mère,
Nu, difforme, sanglant, criant, horreur des yeux,
Objet sans nom, insecte ou reptile odieux.
Moi seul je pus te voir et soutenir ta vue ;
Moi seul je pus sentir mon âme encore émue
Triompher du dégoût dont l'effroi repoussait
Jusqu'au loup affamé qui de près s'avançait.
Je te pris donc, soignai ton enfance débile ;
Et pour prix de mes soins...

TORTICOL.

A vos ordres docile,
Je sais remplir pour vous vingt métiers à la fois ;
Je fais provision de vivres et de bois,
J'entretiens le logis, que sais-je? Pour ma peine,
Au moins permettez-moi de parler de ma chaîne.

JÉRÔME.

Ta chaîne, nain hideux ! tu vas, viens, tout le jour,
A ton plaisir bien plus qu'au mien ; si dans ma tour
J'ai besoin de ton aide, où te trouver? j'appelle ;
Tu ne me réponds pas : dans ton humeur rebelle
Tu te caches, jurant.

TORTICOL.

Non, je ris.

JÉRÔME.

Que dis-tu?

TORTICOL.

Rien, maître ; allez toujours.

JÉRÔME.

Si l'esprit abattu,
Au soleil un instant je sors pour me distraire,
Loin d'aider ton vieux maître à marcher, au contraire
Tu viens à pas de loup épier sur le seuil
Le chemin que je prends ; puis, me suivant de l'œil,
Quand tu me vois bien loin, ta grimace hargneuse

Me nargue sans danger ; car ma face grondeuse
N'est plus là ; lors, tu ris et te frottes les mains,
Tu ne sais où tu vas, tu prends mille chemins ;
Alors, te décidant, tu montes; ma cellule
Est ouverte, ô bonheur! et, singe ridicule,
Tu cours à mon fauteuil, — déranges sans remords
Parchemins, sabliers, fioles, têtes de morts, —
Tu sautes, chantes, ris dans ce lieu du silence,
Enfant de gnome, et crois, malgré ma vigilance,
Que je ne te suis point, que je ne t'entends pas,
Quand je compte tes cris, tes gestes et tes pas.
Toi, profaner ces lieux où mon étude austère,
Tantôt sonde le ciel, tantôt fouille la terre;
Où je cache aux regards mon front chauve et jauni
Qui des hommes railleurs partout serait honni;
Où je parle dans l'ombre aux anges de ténèbres ;
Où, lorsque la nuit vient dans ses linceuls funèbres
Ensevelir ce monde et ses mortels péchés,
Mon œil perce à travers les plis les plus cachés...
Et toi, tu ris, serpent... je lis dans ta pensée...
Sur un si vil objet ma colère amassée...
Rebut de la nature!

TORTICOL.

Oui, maître, je suis laid,
Et je le sais très-bien ; mais si Dieu le voulait,
Je serais grand et beau comme ces jeunes hommes
Qui passant par hasard près des lieux où nous sommes,
Et nous voyant tous deux, se disent en gabant :
« Ces deux semblent du diable avoir rompu le ban,
Car où se peut-il voir parmi les créatures,
Si ce n'est dans l'enfer, de pareilles figures? »

JÉRÔME, *se levant, et d'un air sévère.*

De l'esprit! Sur quelle herbe avez-vous donc marché,
Messire Torticol?

TORTICOL, *se prosternant.*

Seigneur, si j'ai péché
Contre vous, retenez votre juste colère :
Je suis assez puni d'avoir pu vous déplaire.

JÉRÔME.

Encor! sous faux semblant tu te railles de moi.
Mais pourquoi t'en voudrais-je? Allons donc, lève-toi.

TORTICOL.

Oh, Seigneur!

JÉRÔME.

Suis-je Dieu? cesse ta raillerie,
Ou crains...

TORTICOL.

Qu'êtes-vous donc, maître, je vous en prie?
Dites.

JÉRÔME.

Du Dieu des dieux l'unique serviteur.
De moi sa créature à lui mon créateur,
Il ne peut s'élever que crainte, amour, hommage :
Je ne reconnais point un autre vasselage.
Mon corps seul appartient à cet aride sol.

TORTICOL.

Et moi, que suis-je alors? moi, le nain Torticol?
Moi, l'informe avorton d'une femme perdue,
Moi, dont le seul aspect fait horreur à la vue,
Moi, cet insecte vil, ce reptile odieux?
De grâce, répondez : est-il, ce Dieu des dieux,
Mon créateur, ou bien l'êtes-vous? dois-je hommage
A lui seul, ou subir un autre vasselage?
Non, non; reconnaissez, ô maître, qu'en effet,
Quelque laid que je sois, vous ne m'avez point fait;
Qu'à ce Dieu, non à vous, si je dois ma naissance,
De même à ce Dieu seul je dois obéissance.
Maintenant, je dirai ce qu'à vous seul je doi : —

Je suis difforme, eh bien ! est-ce ma faute à moi?
Devez-vous, sans pitié, me jeter à la face
Le reproche éternel de ma laide grimace?
Elle vous déplaît? soit! — mais que je puisse alors
Vous quitter, m'en aller là-bas, bien au dehors,
Jouir, comme je peux, de cette pauvre vie :
Maître, ma liberté! vous me l'avez ravie.
Mais vous empiétez sur le pouvoir de Dieu !
Mais vous, profond savant, raisonnez donc un peu.
Ne m'avez-vous instruit que pour votre avantage
A déchiffrer pour vous un livre en vieux langage?
Et si vous m'enseignez, quand vous sondez les cieux,
A tracer sur l'ardoise en traits mystérieux,
Ces grands mots dont pour vous la lumière est si belle,
N'en puis-je donc saisir une simple étincelle?
Bien peu, je l'avoûrai : je ne tiens pas du sort,
Comme vous, un esprit et de vie et de mort;
Je n'ai pour mon salut que de la négligence;
Je n'ai nulle lecture et peu d'intelligence;
Mais ce peu, c'est toujours un abîme entre moi
Et la bête qui vit, meurt, sans penser en soi;
De cœur, j'en garde aussi quelque peu, car je pleure
Ou je ris au dedans; c'est selon : — à cette heure,
Maître, vous comprenez que sans tort je pourrai
De vos torts me venger;—et je m'en vengerai!

JÉRÔME, *à part.*

Est-ce bien Torticol que j'entends?— Dieu, nature,
J'ai méconnu votre œuvre! O pauvre créature,
Ton corps a pu cacher ton âme à mon regard,
Que je crus infaillible. Oh, je l'apprends trop tard.
Il fallait une source à ta lèvre séchée,
Source de charité de mon cœur épanchée;
Mais il ne peut plus rien s'échapper de ce cœur.
De l'homme sot et vain le sourire moqueur

M'a souvent poursuivi dans ma longue insomnie.—
Sur toi je me vengeai par ma lâche ironie,
Sur toi qui me craignant, du moins m'obéissais—
J'imitais, malheureux, ceux que je méprisais.
Misères de l'orgueil! et maintenant je n'ose
Ménager cet esprit inquiet et morose.
Il croirait à ma peur et non à ma bonté;
Je le perds, si de lui je ne suis redouté,
S'il ne craint que mon bras n'est pas toujours capable
De l'atteindre en tous lieux, quand je le sais coupable...
(*Il réfléchit; Torticol attend avec inquiétude sa décision.*)

1837.

IV.

(*Idem.*)

(Une salle d'un château gothique.— Il fait nuit.)

BÉNÉDICT (*écuyer.*)

D'où vient ce bruit? qui peut entrer à pareille heure?
Quelle chose là-bas remue? — Holà! Demeure.
Qui que tu sois, esprit du bien, esprit du mal,
Lutin, farfadet, homme, ou tout autre animal,
Demeure.—M'entend-il?—Je ne crains, prends-y garde,
Ni dieu ni diable au monde.—Hé! comme il me regarde!
Il paraîtrait, mon cher, que tu me trouves beau.
Mais puisque pour te voir je n'ai d'autre flambeau
Que ce foyer prêt à s'éteindre, je t'engage
A t'approcher; je veux contempler ton visage...
C'est très-bien.—Pour un spectre il est obéissant.
Sot que j'étais! j'avais presque peur!—A présent,
Réponds-moi : d'où sors-tu? parle, car je me lasse :
Parle enfin : faudra-t-il qu'ainsi la nuit se passe?
Avorton! portes-tu le beau nom d'homme?

TORTICOL, *fièrement.*

Un peu.

BÉNÉDICT, *avec dégoût.*

On appelle cela mon semblable, grand Dieu!

1841.

VIII.

(*Idem.*)

ADÉLAÏS, *folle.* (*Elle se trouve dans une cellule de couvent, où vient de mourir son amie et confidente Iselle.*)

Oh! seule—seule—seule—

(*Tournant la tête du côté du lit, où est le cadavre d'Iselle.*)

Iselle, mon Iselle,
Tu ne m'entends donc pas? mais c'est moi qui t'appelle,
Moi, mon Iselle, moi... réponds, réponds! — jamais!
Oh, non, non, n'est-ce pas? mon Dieu! toi qui m'aimais,
Toi que j'aime, ma sœur! ma sœur! ma sœur chérie!
Entends-moi, parle-moi!—vois comme je te prie,
Comme je m'agenouille et pleure!—Ah!!! c'est en vain
Que ma main en tremblant serre ta froide main,
Que se colle ma bouche à ta bouche glacée,
Que mes bras sur mon cœur te retiennent pressée...
Ma sœur! Iselle! sœur!

(*Debout, et regardant le cadavre d'un œil fixe.*)

Pauvre amie! elle dort.
Ce sommeil me fait peur.—Pardonne-moi, j'ai tort;
L'aube va resplendir. Entends-tu l'alouette?
Descendons au jardin—veux-tu?—Toujours muette!
Qu'as-tu donc? ce n'est rien, n'est-ce pas, mon amour?
De longtemps je n'ai vu, je crois, un si beau jour.
Viens avec moi; quittons cette triste cellule:

Allons voir sur les monts poindre le crépuscule ;
Il n'est pas un brouillard, pas un nuage au ciel.—
(*Rêveuse.*)
Le ciel—qu'a donc ce mot de doux et de cruel?...

1836.

IX.

(*Idem.*)

L'ANGE DE LA FAMILLE *à Lyonel (meurtrier de son frère).*

Malheureux, tu dis vrai!—Sous ces lourdes murailles,
Quels coups ont retenti, répétés dans ton sein?
Ecoute—écoute :—c'est le glas des funérailles,
C'est la voix du cercueil réclamant l'assassin!

Oui, la chaîne d'airain de tes tristes journées,
Qu'achève de ronger la lime du remord,
Va se briser!—Sens-tu, sur tes lèvres fanées,
Tomber, comme un glaçon, le baiser de la mort?

Il faut mourir.—Fouillez dans vos couches de pierre,
Ames des Touresmonts! Pour la seconde fois,
Des jours de votre exil revêtez la poussière;
Ames des Touresmonts, reconnaissez ma voix!

1836.

—

STELLA. (*Fragment de comédie sentimentale.*)

Combien à tes soupirs, brise de la vallée,
Comme un parfum de fleur mon âme s'est mêlée!
Sans savoir elle allait où l'emportait ton vol,
Elle flottait légère, elle rasait le sol;
Puis vers ces champs d'azur, ainsi que d'un coup d'aile
S'élance follement une vive hirondelle,
Soudain elle montait; — puis bientôt, ô douleur,
Comme l'oiseau blessé retombait sans chaleur.

(Extrait, scène inachevée, mars 1839.)

MÉLANGES DE PROSE.

LE POËTE.

Le poëte est la voix qui résume toutes les voix de l'humanité, de la nature,

Depuis le bruit de la mer jusqu'au roucoulement de la palombe,

Depuis le passereau gazouillant sous l'arbre jusqu'à l'aigle qui frappe l'air de ses cris en volant au soleil,

Depuis la plainte du dernier misérable de la race humaine jusqu'aux gémissements retenus et comprimés de ceux qu'on appelle grands,

Depuis le pleur et le grincement du vaincu jusqu'au hourra du vainqueur;

Que sais-je encore? Du plus infime atome jusqu'à Dieu, il n'est point d'accent ou de son qui ne doive avoir pour écho la grande voix du poëte.

Et tous ces sons, ces accents, ces cris, tout ce bruit étrange, confus, parfois suave et hamonieux, plus souvent rauque et discordant,

Toutes ces voix de la terre, dans l'organe du poëte, perdent par la divine magie de l'art ce qu'elles avaient de grossier, d'assourdissant, qui les empêchait d'être entendues;

Elles se concentrent en un seul souffle, soulèvent le sanglot d'une seule poitrine, et s'élancent au loin, à travers les mondes, exprimées par une seule parole,

La parole du poëte que Dieu a choisi parmi d'innombrables millions de créatures pour cette immense et sublime mission.

Le poëte doit passer sur les flots des hommes,

Comme le rayon d'un soleil orageux, échappé du nuage, éclaire un moment la surface agitée, grondante et tumultueuse de l'Océan, colore les crêtes blanches d'écume des longues lames, puis se voile et disparaît comme effrayé sous la nuée noire et menaçante.

Tandis que les aveugles eaux de la mer se tourmentent et roulent plus furieuses,

Le beau rayon, remonté au ciel, dore l'éther de son reflet méconnu par les insensibles et orgueilleuses vagues.

---

29 AOUT, SUR LE RHONE.

A bord de *l'Aigle*, vers midi.

Le vent m'enveloppe, l'eau mouille ma figure, l'eau chassée par la roue mugit au-dessous de moi. Je suis dans un rare état de bien-être. J'aime ce vent, j'aime cette eau, j'aime ces montagnes qui s'enfuient à droite et à gauche du bateau. Je ne pense pas, je sens. J'aspire par tous les pores le plaisir *d'exister*.

Comme ce mouvement rapide seconde bien le mouvement de mon imagination ! J'entends je ne sais combien de voix qui chantent dans moi ; je ne sais ce qu'elles disent, mais qu'importe ? Les prosaïques incidents qui passent à côté de moi ne les interrompent point.

Il y a près de moi quelqu'un qui dort — ou ne dort pas — je songe bien à le regarder pour m'en assurer. — Je regarde l'eau qui écume, et j'écris sous la rosée de la vapeur.

La poésie s'éprouve dans son essence et ne peut s'écrire. Comment combinerais-je à présent des syllabes et des rimes ? Le sot travail, lorsque l'on respire le grand air et la fraîcheur de l'onde. Il vaut bien mieux se laisser vivre n'importe comment.

Je réfléchis que je suis par trop personnel dans ce moment-ci. Pensons un peu à ceux que nous aimons.

Où sont-ils ? que font-ils ? inévitables questions que l'on s'adresse à soi-même, et auxquelles on répond par des conjectures que l'on aime à croire comme des réalités. Croire, c'est toujours si bon.

Puissiez-vous comme moi, dans ce moment qui passera si vite, puissiez-vous, ô vous tous que je n'ai pas besoin de nommer, respirer un air libre et pur, oublier la pensée de la vie et la voir s'écouler avec un sourire comme moi sur le bateau je regarde passer l'onde !

—

LA FAMILLE.

Il est doux, le sein de la famille, lorsque le vent mugit plaintivement dans la campagne, et que les arbres effrayés s'entrefroissent avec un murmure lugubre,

Lorsque les feuilles d'automne tombent essaimées et jonchent la dernière verdure, lorsque au dehors les oiseaux sont tristes dans le pressentiment de l'hiver qui va venir ;

Et que les sarments et la bourrée flambent joyeusement dans l'âtre éclairant d'un reflet de bien-être les visages souriants.

Oui — et encore, lorsque la chaleur a été grande, et que devant la porte ouverte tous se rassemblent pour se reposer en aspirant la fraîcheur croissante de la soirée, pendant que la causerie s'entretient gaie et sereine, oh! oui, le sein de la famille est doux!

Malheur à nous, enfants des hommes, malheur à nous! Mes yeux se sont voilés de larmes, et mon cœur a frémi, car tout cela n'est le plus souvent qu'un mensonge.

Car on a vu des femmes caresser l'homme aux aliments duquel leur main mêlait artistement du poison ou dont elles avaient souillé la couche sans pudeur, et l'on a vu des hommes sourire à une femme en voilant le poignard destiné à percer leur poitrine :

Et l'on a vu et l'on voit des mères tuant leurs nouveau-nés, des parents sourds aux cris de misère de leurs enfants, et des fils tuant leur père ou leur mère.

On sait des enfants torturés en secret pendant des années sous le toit paternel ou des vierges horriblement souillées par la sordidité de leurs parents.

Tous les crimes, toutes les hontes, toutes les infamies ont fait du sein de la famille un enfer, auprès duquel les tortures des lieux de tourments imaginés par les poëtes ne sont rien.

Malgré tout, s'il reste encore aux générations nouvelles un asile de bonheur et de repos, c'est au sein de la famille, de la famille régénérée, sanctuaire choisi pour nourrir les vertus, les pures amours.

FRAGMENTS DES SOCIALES,

REVUE PÉRIODIQUE.

—

I.

Les Limbes.

La nuit est morne et profonde; l'air immobile est lourd à mes membres brisés. Seigneur, où vais-je? Avec effort je m'avance; en vain mes bras étendus cherchent à rencontrer quelque chose dans l'ombre. Les ténèbres me couvrent comme l'eau recouvre le nageur dont les forces ne peuvent plus le soutenir.

Où vont ces êtres humains que j'entrevois à l'entour? Où vont-ils? Comme moi ils cherchent en étendant les bras et en haletant avec angoisse; comme moi ils semblent souffrir. Je m'approcherai d'eux, et je leur adresserai une demande: pourvu toutefois qu'ils daignent y répondre! Ils marchent sans rien voir et ils ne m'auront pas aperçu.

« — Voyageurs qui comme moi errez dans ces ténèbres, m'apprendrez-vous où se portent mes pas et les vôtres? Voyageurs, mes frères, daignerez-vous me dire pourquoi nos poitrines sont oppressées, pourquoi nos yeux voudraient trouver des larmes?

— Jeune homme, comme toi nous allons à l'aventure, attendant qu'un rayon de lumière perce l'obscurité de notre nuit. Nous attendons, voilà ce que nous savons. Le passé, l'avenir nous sont voilés; le présent ne l'est pas. Ne nous demande rien, car nous ne pourrions te répondre, et nous ne voulons pas même penser que nous ne savons rien. Poursuis ta route, et laisse-nous. En allant ainsi dispersés, nous découvrirons plus tôt la lumière, si cette lumière existe. Va, et que le Hasard te conduise!

— Voyageurs, mes frères, je croyais savoir un autre nom que celui que vous venez de prononcer; je l'ai oublié comme vous. Allez, et que le Hasard vous conduise ! » ...

Voici, voici des lumières poindre dans l'obscurité, bien faibles, bien éloignées, mais ce sont des lumières. Elles tremblottent sur ce fond noir comme tremble la veilleuse dans la chambre d'un malade, ou comme vacille en brûlant à regret la lampe tardive du travailleur qui veut gagner un autre morceau de pain.

Chose étrange! ces lumières, quoique nombreuses, ne répandent aucun éclat autour d'elles. Partout l'horizon est aussi sombre, la campagne est partout aussi confuse. Ce sont autant de points lumineux semés au hasard sur le manteau uniforme de la nuit, mais encore trop rares et trop minimes pour en éclaircir l'ombre profonde.

N'importe! en marchant plus vite, nous pourrons nous en rapprocher, et quelque débile que soit sa chaleur, elle consolera nos yeux fatigués des ténèbres; elle ranimera notre corps engourdi par les brouillards nocturnes.

Et voici que dans la campagne courent et se dispersent les pélerins, et moi-même je me hâte en redoublant de pénibles efforts, pour atteindre une de ces lumières...

II.

Riches et Pauvres.

Malheur à vous, riches et puissants de la terre ! car le jour de votre dernière ruine arrivera, et rien ne pourra le détourner. Malheur à vous ! Heureux vous recueillez, et tranquilles vous jouissez, et partout, là, autour de vous, sous vos yeux, des millions d'êtres se débattent en vain dans les tortures sociales.

Vous donnez des fêtes ; c'est beau une fête ! Ouvrez les portes à la foule brillante des convives ; les tables du festin sont prêtes. Voyez ! partout les lumières et les fleurs étincellent, les cristaux resplendissent de mille reflets, les productions de toutes les parties de la terre s'accumulent, la tourbe des serviteurs s'empresse attentive au moindre signal. Plaisir et joie à tous les hôtes, honneur et gloire à l'amphitryon ! Que l'orchestre retentisse et aille annoncer au loin qu'ici l'on s'amuse et que l'on est heureux !

Là-bas, là-bas, dans ce misérable bouge, une famille, grelottante de froid, est accroupie autour d'un foyer encore plus misérable. L'homme a l'air sombre et dur ; la femme, dont les traits sont hâves et flétris, porte une expression de souffrance méchante et horrible. Autour d'eux, des enfants sales, déguenillés, les yeux ternes, les membres chétifs, grouillent dans la cendre et presque dans la flamme. L'un d'eux, petit garçon à face perverse, aux yeux caves cernés de noir, aux cheveux pendants en désordre, laisse voir son pied qui saigne d'une plaie faite par une épine ou quelque morceau de verre ; un autre fixe à travers la flamme sur ses parents un regard où se peint le désespoir et la faim. Deux ou trois autres encore cherchent à se chauffer et frissonnent; quand le père ou la mère viennent à faire un mouvement ils s'écartent avec effroi craignant d'être frappés...

III.

Conseils aux Prolétaires.

Hommes du peuple, gardez-vous de ceux qui viennent vous trouver avec de belles paroles sur les lèvres en nourrissant le mensonge au fond de leur cœur; gardez-vous de ceux qui prodiguent les promesses pour vous attirer dans un abîme. Surtout n'écoutez jamais les apologistes du pillage et du sang. Hommes mes frères, je sais combien vos misères vous rendraient faciles à abuser; méfiez-vous des hableurs politiques et du clinquant misérable de leurs paroles; méfiez-vous des théoriciens sans portée, dont les plans heureusement irréalisables ne s'appuient sur aucune base scientifique, sur aucune connaissance de la nature humaine.

Cependant gardez-vous aussi de condamner tout à fait avant d'avoir entendu. Il n'y a point de parti où il ne se trouve des idées justes à recueillir, point de théorie sociale où tout soit absolument méprisable ou illusoire. Mais gardez votre indépendance intellectuelle, jusqu'à ce que les doutes d'une grande partie d'entre vous venant à s'éclaircir, vous puissiez réunir vos convictions éparses en une religion commune. Alors, seulement alors, vous pourrez juger ce qu'il conviendra de faire, et l'Esprit de Dieu descendra parmi vous.

Entretenez avec soin dans votre âme la défiance de vous même; songez à travailler pour vos enfants et non pour vous. Car, ne nous le dissimulons pas, la lutte sera longue et rude à soutenir. Et lorsque je me sers de ce mot de lutte, ne pensez pas que je veuille parler de la lutte avec le feu et le fer, de la lutte à main armée. Non, pour celle-ci, vous seriez prêts à l'entreprendre, et l'on sait que vous ne reculeriez pas devant la mort; on ne vous a pas fait la vie assez belle pour cela.

Mais il est une autre guerre que celle où l'on vole avec le mousquet et le sabre pour donner le trépas ou le recevoir; il est une autre lutte bien plus lassante, bien plus terrible à affronter. C'est un combat de tous les jours, de toutes les heures, de toutes les minutes; où l'on ne verse pas son sang, mais où l'âme s'épuise goutte à goutte; où ceux qui meurent sont oubliés, où ceux qui vivent sont honnis et bafoués: lutte de la patience contre le dédain, de la foi contre la raillerie, de l'esprit d'amour contre l'esprit d'égoïsme, de l'avenir contre le présent; lutte qui est à peine commencée et qui comptera de nombreux martyrs; lutte dont l'heure sonne au cadran du siècle. Frères, vous sentirez-vous le courage de l'entreprendre? Écoutez-moi.

Quand vous serez fixés sur votre choix, soit que parmi les bannières de toutes couleurs qui flottent dans l'arène, vous en adoptiez une, soit que vous en formiez une nouvelle, et que vous ralliant à l'entour, vous aurez dit: C'est celle-là que nous voulons élever et défendre, alors les temps de la longue épreuve commenceront. Alors vous verrez se dresser en foule pour barrer votre marche et les terreurs des gouvernants, et les appréhensions des riches, et les préventions des hommes de parti, et les tenaces préjugés de la routine. Alors il vous faudra redoubler d'énergie et de persévérance; alors il faudra vous préparer à patienter longtemps avant d'atteindre le but de vos efforts.

J'entends déjà, j'entends de véhéments murmures; une voix déjà vient de s'élever : « Que vient-on nous parler encore d'attendre, de patienter davantage? Enfants du peuple, laissons parler les bavards et sus aux heureux de ce monde ! Les boutiques d'armuriers sont là ; allons, et faisons comme nos pères. Mais faisons mieux, et, sans attendre qu'ils nous la donnent, prenons à notre tour notre place au soleil. »

. . . .

IV.

Le musée de la civilisation.

ESQUISSE.

Parmi toutes ces collections d'objets d'art, de science ou d'industrie dont abonde le grand Paris, ville orgueilleuse entre toutes les villes d'être appelée la capitale de la civilisation, il en est une qui, à cause de ce beau titre qu'elle s'arroge, lui serait indispensable, et à laquelle cependant personne, que je sache, n'a encore pensé. Mais avant de dire en quoi consisterait cet établissement de création tout à fait nouvelle, il est nécessaire de poser quelques prémisses pour en faire comprendre l'à-propos, l'utilité, la beauté.

Il est certain (demandez plutôt) que nous sommes parvenus, nous autres peuples européens, ainsi que nos frères des Indes et du Nouveau-Monde, il est certain, dis-je, que nous sommes parvenus au plus haut degré de civilisation, jamais atteint sur ce globe. Voilà ce qui est incontestable, et il faudrait être bien grossier d'esprit et endurci de cœur pour le nier. . . . .

. . . .

. . . .

On pourrait voir dans ce musée, entre autres objets d'agrément et d'instruction tout à la fois :

Une robe de procureur général, portée, traînée, usée, déchirée et tachée dans la poussière et la fange des parquets, avec certaines souillures que des lavages répétés ont rendu d'une couleur indéfinissable, qu'aucuns prennent pour la couleur du sang :

Des plumes d'écrivains politiques, teintes d'une infinité de couleurs. Plusieurs, poussés par une invincible curiosité scientifique, ont cherché à analyser les nuances que la plupart de ces plumes ont reçues, et qui sont simplement les reflets successifs de l'atmosphère très-changeante de nos climats ; mais ils y ont perdu leur temps et leur peine, car toutes ces nuances n'étaient pas toujours d'une couleur fort nette ; elles offraient souvent un mélange inouï d'anciennes et de nouvelles teintes, dont la dominante et la véritable (s'il y en avait une) était impossible à préciser. Le seul résultat certain qu'après une multitude d'expériences on soit parvenu à obtenir, c'est que ces plumes, après avoir été longtemps frottées et lavées, finissaient par offrir toutes une couleur jaune brillant très-prononcée, comme qui dirait la couleur de l'or monnayé ; et cette couleur y était tellement imprégnée, que beaucoup sont d'opinion que la matière de ces plumes n'est pas autre chose, s'appuyant sur ce fait, qu'en interrogeant le son de ces plumes métalliques, elles ont uniformément rendu le même son, c'est-à-dire le son du métal que nous avons nommé tout à l'heure ;

Des plans en relief des admirables cachots, prisons, cabanons, etc., que la plupart des villes ont le bonheur de posseder ;

Un beau couteau de guillotine nouvellement essayé

accompagné du dessin de l'instrument et d'une corde parfaitement graissée ;

L'incomparable knout moscovite, digne sceptre d'un puissant empereur ;

Le fouet qui « contient le soldat anglais dans les bornes du devoir et de la discipline ; »

La garcette qui chatouille la peau de nos marins ;

Le fouet du commandeur d'esclaves, si précieux à l'existence et à la prospérité des glorieuses colonies européennes ;

Une collection de baïonnettes, partant de la baïonnette aveugle pour s'arrêter à la baïonnette intelligente, dernier terme de perfection apporté à cet inappréciable instrument ;

Une rangée d'éteignoirs de tous les rangs et de toutes les grandeurs, au nombre desquels on remarque l'éteignoir d'institut, l'éteignoir de ministère, l'éteignoir législatif, etc. etc. etc.

Une nouvelle machine à vapeur très-ingénieuse servant à confectionner des discours de la force de quatre cent cinquante députés ;

Etc. etc. etc.

RÊVE.

. . . Et je regardai et je vis.

Je vis un grand désert sous un ciel de feu. Partout jusqu'aux dernières limites de l'horizon visible se prolongeait l'étendue des sables grisâtres. On devinait qu'arrivé au point le plus éloigné que l'œil pût apercevoir, ce morne horizon ne cesserait de confondre aux regards le ciel et les sables.

Un serrement de cœur inexprimable, une angoisse muette me saisirent à ce spectacle.

Et je pensai : Ici, où voit-on Dieu? Cependant Dieu est partout dans son ouvrage, où il n'est pas! Oh! quand verrai-je ici Dieu? . . . Mais que viens-je de penser? Était-ce une intuition d'en haut? car il y avait dans la forme même de mon doute un espoir immense!

Et comme je me disais ces choses, voici qu'un nuage blanc s'éleva lentement du fond de l'horizon. Et je sentis, sans en savoir la cause, s'accroître l'angoisse qui pesait sur ma poitrine.

Ce nuage paraissait à peine comme un flot d'écume sur l'immense azur du ciel semblable à une mer. Mais tout à coup un vent lourd, brûlant comme la vapeur d'une fournaise, frappa mon visage. Je compris que c'était là le souffle empoisonné du désert, et brisé par la terreur, je tombai sans force sur le sol.

Et le vent, dont je n'avais senti qu'une faible haleine, s'élança furieux sur l'étendue immense, soulevant en lames tourbillonnantes les sables plus fins que la poussière des routes de nos contrées. Plus de soleil, plus de jour, plus d'air; un sol de sable, une atmosphère de sable!

Et j'attendais, haletant, presque privé du sentiment de moi-même, que l'horrible tempête fût passée.

Et toutefois une idée, même dans ce moment, traversa mon esprit.

Je pensai que dans ce sable ou plutôt dans cette poudre volaient mêlées les cendres de tant d'êtres humains et d'animaux que ce vent de mort avait effacés de la terre. Et il me sembla voir à travers le tourbillon les formes confuses des riches marchands et de leurs chameaux chargés de trésors précieux, des femmes mystérieusement voilées, des conducteurs et des fellahs misérables qui ne souffraient plus. Et une sueur d'angoisse coulait de mon front brûlant.

Heureusement le simoum cessa. Je me relevai. Le désert déroulait toujours sans bornes sa monotone étendue.

Pourtant un indéfinissable changement passa sur l'esprit de mon rêve. Il me semblait qu'en un instant des siècles venaient de s'écouler, mais comment, je ne saurais le dire. Le désert était toujours aussi horrible, le ciel toujours aussi brûlant ; et cependant l'espérance débordait de mon cœur, et j'espérais, et sans le voir encore, j'attendais Dieu !

Et tout à coup une voix étrange, une voix sans paroles, une voix entendue dans l'âme seulement, retentit dans tout mon être. Et cette voix disait sans paroles : Voici Dieu.

Et je tressaillis, et je regardai.

O mes frères, ce que je vis était si beau, si grand, qu'il n'est pas de langue humaine assez puissante pour l'exprimer !

Je vis une quantité innombrable d'hommes, mais d'hommes d'une race nouvelle. . .

FRAGMENTS D'AMES EN PEINES,

ROMAN PHILOSOPHIQUE.

Portrait.

A l'angle de la cheminée de marbre, et entrevue seulement lorsque la flamme du foyer s'élevant plus vive envoyait des lueurs dorées jusque sur les boiseries de cette pièce vaste et sombre, une jeune femme était assise dans un fauteuil. Elle demeurait immobile, ses yeux rêveurs fixés sur le feu, ses mains superposées l'une à l'autre sur ses genoux. Elle était vêtue avec une élégance sévère; une robe de couleur foncée, sinon tout à fait noire, dessinait les contours harmonieux de son corps. L'étrangère, car évidemment un type aussi beau ne pouvait appartenir à Paris, la ville des laideurs, l'étrangère avait ses cheveux noirs nattés par derrière, et cette coiffure permettait de mieux distinguer un cou admirable de formes, quoique un peu brun; d'ailleurs son teint était, si l'on peut s'exprimer ainsi, généralement d'une pâleur brune. La coupe ovale de son visage n'ôtait rien à la grâce des lignes de la bouche et du menton; le front, malgré sa pureté sereine, laissait soupçonner l'empreinte des sillons que trace la pensée; quant aux yeux, ils étaient dans ce moment à demi-voilés par de longs cils noirs, luisants comme de la soie. Mais quoiqu'ils fussent baissés, on n'aurait pas osé contempler trop longtemps ces yeux dont le regard devait être si puissant, ces yeux qui semblaient couvrir de l'ombre de leurs paupières le chemin creusé par d'anciennes larmes. Cette jeune femme, si belle encore, ne pouvait avoir moins de vingt-huit ans; elle paraissait grande et forte sans pour cela rien perdre de ce qu'a de plus charmant la grâce féminine, et dans le calme même de sa physionomie se révélaient de profondes et mystérieuses passions.

Esquisses de Lettres.

O Léocadie, gardez mes pleurs dans votre âme; j'en confie le secret à vous seule. Ma sœur, hélas! ma sœur, je suis triste, je suis plein de larmes qui débordent. Femme forte et résignée sous ce que vous appelez la loi de Dieu, venez au secours de celui qui n'a plus de force ni de résignation, et pour qui la loi de Dieu est voilée. Je souffre, vous le savez, noble amie, et je n'ai pas besoin de vous révéler le mot de l'énigme de ma souffrance; depuis longtemps vous l'avez deviné, je le sais, je l'ai lu dans vos yeux, humides d'une charité céleste qui console et ne peut jamais blesser. Relevez-moi de mon abaissement. Votre âme, ô Léocadie, est un rayon de l'amour infini, votre beauté, le reflet de votre âme. Oh! venez à mon secours, car je pleure comme un enfant, je suis sans force; ma vie, pour ainsi dire, s'en va par toutes mes blessures; venez, je ne me connais plus, je ne connais que vous, car vous seule êtes ma vie et mon bien!

—

Léocadie, me direz-vous, pourquoi l'amour tel que je le rêve ne ressemble pas à l'amour tel qu'il a été connu et rêvé jusqu'à présent? Cet amour n'est pas uniquement un bonheur de l'âme; il est encore moins la seule volupté des sens : il est à vrai dire inexprimable. Que j'essaye de vous l'expliquer, et vous-même vous allez sourire; cependant ma tristesse deviendrait incurablement amère, si je ne devais pas rencontrer quelque part dans un ciel innomé pour l'homme cette émanation suprême de Dieu. Mais non, n'est-ce pas? ce n'est pas de vous que je dois attendre cette ironie dont j'ai tant souffert. O ma sœur, laissez-moi épancher avec vous les songes aimés de ma jeunesse! Quelque beaux qu'ils soient, les vôtres, j'en suis sûr, ont dans leur invisible épanouissement un parfum bien plus digne de leur source divine. Puis, après cela, laissez-moi croire que la réalité de l'Infini est incomparablement plus belle, et que la rêverie la plus extatique du poëte ne nous fait entrevoir qu'un bien débile crépuscule du Vrai éternel.

—

Un temps viendra, ô mon frère, où l'âme humaine élargie s'étendra dans une égale puissance vers ses deux pôles divins; où l'Esprit illuminera et pénétrera la Matière de ses rayons, où la Matière remplira de joie l'Esprit reconnaissant; un temps viendra où tout sera pur et beau, et ce temps sera celui qui achèvera de constituer l'Unité infinie sur cette Terre finie. Alors la Science et l'Art s'embrasseront étroitement comme deux sœurs trop longtemps séparées, et de cet embrassement l'on verra naître l'Art nouveau et la Science nouvelle. Alors Dieu sera visible à tous comme le Soleil; et tous verront sa lumière, et tous s'échaufferont à sa chaleur. Alors tous seront à la fois Pontifes et Fidèles, Apôtres et Disciples, Prédicateurs et Croyants. Oui, tu dois te lever, ô Soleil des Intelligences! Mais comment émergeras-tu de la nuit qui nous environne? Ô Mystère inénarrable! L'Homme, cet être qui se croit si faible et qui pense t'appeler en vain, l'Homme n'a qu'à étendre le bras pour que les horizons s'illuminent aussitôt de ton aurore. Quand donc l'entendrons-nous, ce Prêtre de la longue épreuve, quand donc l'entendrons-nous, hagard et haletant du triomphe, pousser, en déchirant par un effort suprême le voile immense du sanctuaire, ce cri qui retentira dans les innombrables séries des générations futures; Voici le Dieu! *Deus, ecce Deus!*

—

L'âme n'a pas assez d'affliction pour pleurer sur les

misères de la vie comme il faudrait pleurer. La profondeur du malheur de l'homme dépasse les plus larges limites de la pensée : il ne peut sonder jusqu'au fond cet abîme, absolument comme l'Infini et Dieu.

FRAGMENTS D'UN JOURNAL INTIME.

Dimanche, 1er juillet 1838,
dix heures du soir.

Que se passe-t-il en moi ? ai-je la fièvre ? ma tête brûle et travaille ; cependant je ne puis écrire. Je remarque une chose : les mots seuls me manquent, non les idées...

Hélas ! hélas ! quel est ce travail incessant de mon cerveau ? est-ce le génie ou la folie ?

Seigneur, ayez pitié de votre poëte !

Seigneur, sans votre aide je ne puis rien, car je suis faible comme le dernier de vos enfants.

Seigneur, donnez-moi la force et le courage.

Seigneur, ayez pitié de moi, relevez mon âme abattue, car je me vois seul et sans secours humain. Mon cœur a des trésors d'amour, et il se consume dans l'abandon et l'isolement. N'y a-t-il donc point d'âme qui réponde à la mienne ? Faites-la-moi rencontrer, mon Dieu, et je vous bénirai. Hélas, insensé que je suis, un atome bénir Dieu !

Seigneur, ces pages ne disent rien, mais mon âme vous est ouverte.....

Grâce, ne me croyez pas quand je vous blasphème, car je crois en vous.

Éclairez-moi, Seigneur : je marche dans les ténèbres..... Oh ! la vérité, où est-elle ? Seigneur, Seigneur, Seigneur, consolez-moi, regardez-moi, enseignez-moi, inspirez moi.

Dimanche, 25 août (même année),
dix heures et demie du soir.

Souvent je suis triste, souvent mon front est voilé comme d'un nuage lourd qui le fait se pencher vers ma poitrine; souvent mes larmes s'expriment de mon cœur à gouttes pressées et remontent impétueuses à mes yeux, où elles se glacent comme dans un réseau.

Quelquefois (c'est rare heureusement) elles se livrent un passage, et alors elles me suffoquent, m'étouffent; néanmoins cette douleur n'est pas sans être mêlée d'un plaisir âpre et amer.

Hélas, si l'on me voyait, que penserait-on de moi?

—Non, je ne veux pas l'examiner. Pourquoi pleuré-je ainsi? Pourquoi, ô mon Dieu?

Ce n'est pas à cause des appréhensions que me donne la faiblesse de ma santé, faiblesse peut-être en grande partie imaginaire..... Ce n'est pas l'envie des douceurs du luxe, ce n'est pas même non plus impatience de gloire poétique...

Oserai-je jamais redire ici ce que c'est? sonder de sang-froid cet abîme?

O mon Dieu! — si vous me voyez — vous savez quel cœur vous m'avez donné: un cœur d'enfant plus que d'homme, vous le savez, et c'est là ce qui me fait espérer encore de trouver grâce auprès de vous. Mon Dieu, ce cœur est seul, horriblement seul! Oh! faites-moi trouver, dans cette Sodome infâme qui m'environne, faites-moi trouver un cœur pareil au mien!

Oh Dieu! courber tout le jour la tête sous le joug d'un travail ingrat, épuiser le peu d'instants qui vous restent en veilles accablantes et infructueuses, sentir vingt fois par jour l'inspiration bouillir en vous et s'éteindre desespérée dans la méphitique atmosphère où se brise son vol: Voilà là certes des souffrances cruelles! Mais parfois ce travail me semble moins lourd, cette veille n'est pas sans profit pour mon intelligence et mon âme, cette inspiration se fait jour et monte à vous, mon Dieu! Mon cœur seul, ô misère! n'a jamais de ces repos bienfaisants. Toujours l'isolement, toujours le délaissement, toujours l'ennui égoïste qui le dessèche et le dévore!

J'ai vu de jeunes femmes brillantes et parées passer devant moi gracieuses et souriantes, s'appuyant mollement au bras d'un homme qui n'avait nullement l'air de voir ce sourire et cette grâce ; d'autres étaient plus heureuses. Que je sens d'amertume dans mes pensées en ces moments !

J'ai vu des jeunes filles, folles et rieuses, fraîches et roses, courir sur l herbe et se poursuivre, si heureuses qu'elles me faisaient, à les voir, plaisir pour elles. Combien de fois j'ai songé, tout triste : Riez et chantez, jeunes filles ! la douleur n'a pas été faite pour vous, et que béni en soit Dieu ! O bienheureuses jeunes filles, riez et chantez...

Moi, je vais avoir vingt-deux ans ! Que de belles années perdues ! perdues sans fruit. . . . .
. . . .

Il est onze heures. Combien ce que je viens d'écrire est froid ! Ne le dirait-on pas écrit pour un roman, et non pour un journal intime ? C'est froid, c'est bien froid ! Prions Dieu mentalement et couchons-nous.

15 novembre (même année),
Onze heures du soir.

Vingt-deux ans...et toujours la misère . . . .

31 décembre (même année),
Minuit moins 8 minutes.

L'année va mourir. Je me sens ému d'une singulière émotion. Cette année qui s'éclipse a été bien mal remplie, sans doute ; elle l'a cependant un peu mieux été que les années précédentes. Comment va se passer celle qui s'approche ? Mon Dieu ! toujours la même incertitude, toujours la même attente sans résultat !...

J'écoute si j'entends minuit sonner. J'écarte doucement mes rideaux pour contempler le ciel éclairé par la lune, que malheureusement je ne puis voir, ma fenêtre étant tournée à l'occident. Il doit être minuit. Quand je n'entendrai plus le bruit que fait cette voiture, je me mettrai à genoux pour prier.

PLAN DE LYONEL.

I.

ANALYSE DU PROLOGUE.

Globe lunaire. — Nature étrange, bouleversée, aride, gigantesque. C'est un des points de repos pour les Esprits qui voyagent sans cesse du Ciel à la Terre et de la Terre au Ciel. — Un esprit formidable s'y abat furieux. Il exhale en imprécations et en cris sa fureur de ne pouvoir s'élever plus haut. Bientôt deux autres Esprits semblables, mais moins puissants, arrivent et demandent au premier pourquoi il se repose si tôt. Sa réponse amère; conférence des trois Esprits. Ils contemplent de loin la Terre : leurs réflexions et leurs regrets. Ils sont interrompus par des chœurs lointains d'anges qui passent, et par des tourbillons d'âmes qui remontent de la terre ou qui y descendent. Le premier Esprit, saisissant une idée de vengeance, arrête une de ces dernières au passage et l'interroge (1). Les trois Esprits retiennent l'âme qui tremble et veut s'enfuir, l'entourent, l'imprègnent du souffle du mal, puis l'envoient sur la terre accomplir tout le mal qu'elle pourra, et s'éloignent en regrettant de n'avoir pu porter un plus grand coup à la Puissance infinie de leur éternel ennemi, et se félicitent en même temps de ce qu'il leur reste assez de pouvoir pour empoisonner une de ses plus belles créations, l'âme de l'homme. Alors un ange du Seigneur, s'arrêtant un moment à la place qu'ils viennent de quitter, les regarde fuir dans l'espace, les maudit, et proclame la toute-sagesse et la toute-bonté de Dieu.

II.

Au-dessus de tout le poëme, le pénétrant comme l'Esprit pénètre la Matière, plane l'idée de Dieu, l'Infini, l'incompréhensible, qui nulle part n'y paraît sous une *information* plastique, mais y *rayonne* partout Les Esprits du bien et les Esprits du mal agissent *également* par la vertu de sa loi toujours une; ils entrevoient cette loi, quoiqu'il y ait lutte (sans cette

(1) Celle de Bénédict, écuyer de Lyonel.

lutte il n'y aurait pas d'unité dans le drame, de rapport entre ses deux aspects), mais ils ne l'entrevoient pas à un égal degré.

Les Esprits du bien connaissent cette loi et la bénissent ; car lorsque le mal sera vaincu, la lutte sera terminée, les Cieux et la Terre seront embrassés dans un immense amour ; tous seront élus, même les Esprits du mal. Cependant ils participent à la faiblesse humaine (à différents degrés toutefois, suivant leur rang dans la hiérarchie) ; ils se plaignent, ils maudissent, ils ont des haines et des amours ; leurs passions sont les mêmes passions que dans l'homme, quoique plus spiritualisées. Mais ils connaissent pourquoi ils sont ainsi (selon leur échelle), et louent Dieu toujours.

Les Esprits du mal connaissent aussi la loi, mais bien plus imparfaitement, et leur orgueil les aveugle au point de croire qu'ils pourront, sinon la changer, du moins la contrarier. Ils ne croient point agir par la volonté de Dieu, et attribuent à eux-mêmes leurs passions, sur lesquelles ils pensent à peu près comme nos philosophes ; c'est-à-dire, pour que le Bien régnât seul, ils pensent qu'il faudrait qu'elles fussent supprimées, et ils se réjouissent en voyant l'impossibilité de la chose.

LYRE D'AIRAIN.

J'allais disant des vers sombres comme mes veilles,
Mornes comme ma vie, amers comme mes jours ;
J'allais, et loin de moi la foule sans oreilles
S'écoulait bruyamment... et s'écoule toujours.

AUX POETES DE L'AVENIR.

Qu'une séve brûlante en vos veines ruisselle,
Vous dont l'éclat sauveur doit partout ondoyer ;
Brillez, phares divins ! moi je suis l'étincelle
Qui se perdra bientôt dans l'immense foyer.

FIN.

TABLE.

FÉERIES ET DRAMES (esquisses).

MÉLANGES DE PROSE.

FIN DE LA TABLE.

PARIS. — IMPRIMERIE DE FAIN ET THUNOT,
Rue Racine, 28, près de l'Odéon.

www.ingramcontent.com/pod-product-compliance
Lightning Source LLC
LaVergne TN
LVHW020315230826
846091LV00003B/675